钱万成——著

诚小语

成作品选

散文卷 IV

时代文艺出版社

目　录

关于《挚诚小语》

"小语"不是格言——

格言是沉积于历史与社会，经过无数次淘洗，依然熠熠生辉，言简意赅，能够启迪人们心智、规范人们行为的先哲或圣贤的语录。

"小语"不是名言——

名言是出自古今中外名人之口，能得到社会广泛认同，能指导人们的行为，且经得住时间考验的箴言慧语。

"小语"只是小语。是我几十年来对人生、对社会、对历史、对现实、对事业、对爱情、对自然、对文化思考的记录，是生活抛掷在我心海之岸的贝壳，是闪烁在我心灵宇宙中的星星。

本来这些没有主题、又不生动的语言片段只是写给自己看的，现在应朋友之邀拿出来发表，绝没有以此来教育他人、指点迷津的意思。我不是名人，不是哲人，更不是圣人。

我们的民族是一个善于思考的民族，因此，文化人就都有惯于胡思乱想的毛病。大则忧国忧民，小则忧人忧己。我大抵该归属这后一类吧。因此，我的小语是纯粹的小语，绝没有醒世救民的奢望。

我这个人生性固执，做人处世又很原则，口舌木讷，宁不说话也不说假话。但心肠尚可，能与人为善，自认为还算作真挚老实，故将挚诚二字放到小语前面，意在表明我所说的可能是疯话、混话、废话、傻话、痴话，但绝不会是假话。

1993年，也是应朋友之邀，在几家报刊上开设专栏发表这些不是作品的作品，但后来因为俗务困扰，亦因懒于整理，没能坚持开下去。在当时乃至后来，一些年轻朋友写信或打电话给我，表明个人的态度，并鼓励我继续写下去，这令我十分感动。这也是我能在政务之余坚持作记，且同意出这本小书的重要原因之一。

小人物，小文章，些微小语。

大视角，大实话，敬献大家。

摆 脱 平 庸

平庸不同于平凡。

平凡中孕育着伟大，平庸中却蕴含着悲哀。平庸的人就像长不高的树，虽然也与众多的树同在一片林中，却永远也无法撑起属于自己的那片天空。

摆脱平庸，首先要摆脱自卑。自卑的人总习惯于低头走路，自卑的人总习惯于在人后跟随。自卑会使人的意志衰退，自卑会使生命的花朵枯萎。

摆脱平庸，必须选准目标与方向。没有目标，就没有动力，没有方向，就会虚掷青春。换句话说，你必须选准自己的路。切记：走别人的路，再快也在人后；走自己的路，再慢也在人前。

摆脱平庸，更需要多几分自信。勇敢是勇敢者的通行证，悲观是悲观者的自缚网。如果你自己都不相信自己，还有谁能给你动力？人生最大的敌人就是自己，人生最好的朋友也是自己，只有你才能打倒你，也只有你才能解救你。别指望别人，也不要蔑视自己，扬起生命的征帆，鼓起乘风破浪的勇气。

对于别人的平庸，尚可原谅。对于自己的平庸绝不可原谅。平庸者开始觉醒，他就不会继续平庸，平庸者平庸尚要装作高明，他将永远平庸。

摆脱平庸，走出人生与生命的低谷。长夜过后，迎接你的定是那灿烂的黎明。

享 受 孤 独

孤独是人生一种至高无上的境界。没有孤独就没有艺术，就没有绘画、音乐和诗。同样，没有孤独就没有宗教与哲学。

一个写作者需要孤独。没有孤独，他就无法走进那个只属于自己只属于心灵且绝对不对任何人开放的神秘世界。所以，一位以哲学为职业的作家写道："灵感是神的降临，忌讳俗事搅扰和生人在场。为了迎接它，写作者必须涤净心庭，虚席以待。"

一个政治家需要孤独。或挽江山于既倒，或扶大厦于将倾，运筹帷幄，指点江山。不仅要有一种环境，更要有一种心境。那在手指上绵绵不断缭绕飘浮的烟缕，那在地板上踢踏挪动的脚步，那面对窗外凝滞不动的目光，一切、一切，无不是孤独。

就是一个普通人，一个平民百姓，也时刻离不开孤独。恋爱中的男女，没有孤独就无法真正享受迷离的爱之梦；古稀的老人，没有孤独就无法真正体会到至真至纯的天伦之乐与至善至美的人间幸福；就是我们这些忙忙碌碌的常人，如果没有孤独相伴，整天被繁屑的琐事所困扰，真不知那脆弱的心灵如何才能承担这样的沉重。

可现在的人们，总是嚷着害怕孤独。其实，那是不懂什么叫作孤独。孤独不等于孤单，就像树木不等于森林。如果你得到了它的真趣，你会觉得孤独也是一种特殊的幸福。

品 尝 痛 苦

痛苦是一种感觉。

痛苦是一种感受。

男人有男人的痛苦，女人有女人的痛苦；贵人有贵人的痛苦，贱人有贱人的痛苦；大人有大人的痛苦，孩子有孩子的痛苦。就像桔与枳，虽同为一物，江南江北却有极大的分别。

痛苦对有的人来说，是一块沉重的石头，压在背上让他喘不过气来。想走走不动，想放放不下，直到活活地把人压死。这是灵魂的悲哀。所以，千万别去品尝这种痛苦。

痛苦对有的人来说，又是一部冷峻而又诚实的书。它没有华丽的词藻，没有虚假的温情，有的只是率真甚至严酷，它让你冷静，让你清醒，让你深刻。这样的痛苦，如果人生中能经历几次，你就会洗去一切浮躁，洗去一切铅华，会沉着地面对生活，走向成功。

痛苦有的时候也是性格的催化剂。这就是周国平先生所说的，它使强者更强，弱者更弱，暴者更暴，柔者更柔，智者更智，愚者更愚。

能说出来的痛苦，绝不是真正的痛苦。真正的痛苦属于心灵而不是肉体。心灵的痛苦别人无法分担，别人无法分担的痛苦才是真正的痛苦。

痛苦与幸福总是结伴而行，没有品尝过痛苦的人就绝不会体会到真正的幸福。整天叫嚷着痛苦的人更不会知道什么叫作痛苦。那只是"少年不知愁滋味，为赋新词强说愁"罢了。

学 会 宽 容

生活没有固定的程式，人群也不是划一的树林。在同一片森林里，树种有别，人群也是如此。树有高低，人有优劣，整齐完美，永远不会成为现实。

认识树木容易，认识人却十分不易。有时你认为是朋友的人，往往在危难的时候对你落井下石。脸上充满友好，脚下却已经使足力气，在和你握手的时候，刀子正藏在袖筒里。

你也许认为对这样的人应该十分气愤，甚至千刀万剐也不足惜。但是，请别忘记"多行不义必自毙"。人心如鉴，世事自有公理。和小人一样，你便成了小人，是丈夫就不应失去大丈夫的气度。

有人攻击并不是一件坏事，只有碌碌无为者，才没有敌人。坏人的坏话是对好人的宣传。要相信世界是善人的世界，没人愿与丑恶为伍。

"人言可畏"诚然是一种忠告，但我们要相信主宰命运的永远是我们自己。"上帝"是聪明人为愚弄普通人制造的偶像，最正直最善良的人才是真正的"上帝"。"上帝"的眼睛永远睁着，我们还有什么忧虑？

不要害怕造谣和中伤，造谣中伤者搬弄是非往往是由于心虚。他要骂你，他已经怕你。对待这种无耻小人还要花什么心思？

走自己的路，别管别人怎么说。我就是我，活着是为了对得起这个世界，而不是为了和某人赌气。学会宽容便解放了自己。要让自己在一种平和的氛围中奋争，生命才会实现真正的意义。

勿为功名所累

"世人都晓神仙好，唯有功名忘不了。古今将相知多少，荒冢一堆草没了。"《红楼梦》中那个癞头和尚看破了红尘，不忍心世人再受追名逐利之苦，做这首《好了歌》规劝。可惜不知是他位卑言微，还是世人把功名看得太重，总之直到如今仍没人因此罢休。所以，从古至今留下无数"十年寒窗苦，万里觅封侯""不惜做犬马，一心将官求""平生功名利，一逐到白头"的佳话和笑话。

其实，在这癞头之前，早就有人规劝过被功名利禄折磨得死去活来的文官、武将、乡贤宿儒。《三国演义》开篇那首词怎么写的？"滚滚长江东逝水，浪花淘尽英雄，是非成败转头空，青山依旧在，几度夕阳红？　白发渔樵江渚上，惯看秋月春风，一壶浊酒喜相逢，古今多少事，都付笑谈中。"只不过这首词写得含蓄一些罢了。世人读它只意会了感叹世事兴衰这一层，却未识罗老夫子也在劝人勿为功名所累呢!

不为功名所累，不等于不思进取。对于任何一个有追求的人来说，虚度时光，浪费生命都是十分痛苦的事。关键是要明白一个道理，那就是人生的真正价值不在于成功之后获取什么，而在于为实现自身价值去不懈努力。古语说，只问耕耘，不问收获，如果我们每个人都能进入这种境界，就不会有那么多明争暗斗、钩心斗角。生活和工作在一起的人们就会是其乐融融。只可惜许多人虽然懂得这个道理，但每当机会来临还是不惜头破血流冲将上去。

正 视 自 我

　　一座山再高，也总在蓝天之下；一颗星星再小，也没有什么可以将它取代。生作高山，不必为自己的高大而骄傲，生作星星也不必为自己的渺小而烦恼。

　　树很高大，但是树大总会招风。

　　草很柔弱，但草却永踩不倒。

　　人与物同。有的高大，有的渺小，有时高大，有时渺小。山外有山，你高还有另一座山比你还高；草下有草，更有一棵比你还小。

　　所以，要正视自我，别老难为自己，这山望着那山高，让生命在痛苦中煎熬。天造万物，万物都有自己的位置，无论你是山，是云，是树，还是草。

　　最重要的是忠于职守，能当柱当柱，能当梁当梁。即使柱也不行，梁也不行，那么当柴当草，能给严冬一点温暖，能给黑夜一点光亮，那也是可以让人称道。

怕就怕本来是做柱的材料，你偏要充梁充栋，风来你招架不了，雨来你招架不了，自己承受着不该承受的压力，害己误事，也给别人平添了无限的烦恼。

如此想来，何不善待自己，安安稳稳地把该做的事情做好。是山，就为山中的所有生命挡风挡雨；做星，就挂在天边，为夜行的人们亮一盏光标。

善 待 自 己

善待自己，绝不意味灵魂的自私。

善待自己，恰恰是人性的觉悟。

一只鸟，如果不爱惜它的羽毛，它就会失去美丽；一棵树，如果不爱惜它的叶子，它就会失去生机。

人就像这鸟，就像这树，又胜似这鸟，胜似这树，一旦失去了人格，失去了自我，就会变成一只会说话的动物，或是一部有思想的机器。

如果这样，你只活在别人的眼睛里，整天戴着别人为你制造的各种面具，甚至连你自己都无法认识自己，你的生命还有什么意义？

如果这样，还不如做一只鸟，翅膀属于自己，天空也属于自己；还不如做一条鱼，醒也无忧无虑，睡也无忧无虑。甚至不如做一棵树或者一棵草，该枯时枯，该绿时绿，没有任何顾忌。

　　所以，必须学会善待自己。自己要做自己的主宰，自己要做自己的上帝。千万别把自己当作风筝，把生命的线儿扯在别人的手里。

自信是一种力量

　　自己一定要相信自己，这是超越自我走向成功的首要前提。自己都不相信自己，那还有谁能够相信你？自己相信自己叫作自信，自信是一种神奇的力量，自信是成功路上第一张通行证。

　　有了自信，就会自强、自律、自尊、自爱。

　　自己能完善自己为自强。

　　自己会约束自己为自律。

　　自己懂尊重自己为自尊。

　　自己知珍惜自己为自爱。

　　自强、自律、自尊、自爱都是修身立命、养德成才的法宝。想要成功，连一样都不可少。

　　自信不等于自傲。自信是意志的展示，自傲则是虚荣的炫耀。自信的人都懂得自强，都能忍受别人忍受不了的痛苦，克服别人克服不了的困难，最后以意志征服道路，永远走在别人的前面。

自信更不同于自负。自负是自己为自己设下的羁绊。自负的人不能正视自己，也不能正视别人，总是生活在自制的哈哈镜里面。

自信就必须面对现实。有条件时不放弃任何条件，但又不依赖任何条件。无条件时靠才智和能力去创造条件。利用条件是聪明的表现，依赖条件是愚蠢的表现。朋友，多一些自信吧，只有这样才有希望攀上你人生目标的顶点。

永 不 抱 怨

永不抱怨，抱怨只意味着无能。

抱怨天空，天空不会因为你的抱怨而改变颜色。雨过后澄澈，云来时压顶，有丽日也有风暴，有惊雷也有彩虹。

抱怨大地，大地不会因为你的抱怨就排除艰险。不会走路，山就是猛虎；不会弄舟，河就要拦路。走过一山还有一山，走过一水又迎一水，困难多时总会山重水复。

抱怨别人，只能留下笑柄。

抱怨自己，只能增加负重。

所以，永远不要抱怨，要时刻睁大眼睛。风来时升帆引舵；雨至时顺水推舟；有阳光就上岸晒网；有星光就赶路夜行。

永不抱怨，就要永不气馁。任何困难都不要畏惧，任何机会都不可放过。追赶希望，就像追赶太阳，看似已经落山，转瞬间又在东方放红。

永不抱怨，要相信再高的山峰总要征服在人的足下，再长的道路最终也要被意志踏到尽头。

永不抱怨，让心灵拥有一片宁静，让生命在快乐中奋争，让人生变成一幅永不褪色的风景……

热 爱 生 活

一粒种子结束了冬眠；

一条鱼儿游过了夏天；

一只鸟儿飞回了鸟巢；

一艘船儿又离开了岸。

这就是生活，千百年来周而复始，一成不变。结束冬眠开始成长，告别夏天迎来秋天，飞鸟回巢还会离去，离开此岸还要寻找彼岸。

生活就是这样，本身只是一种过程，不管它是萧条冷落，还是美丽壮观。像一条河，汩汩流淌，水永远是水，老去的只是时间和岸。一代人在那水上，又一代人还是在那水上，当你蓦然回首，你会感到自己原来已经走出很远。

也有人说，生活更像一块画布，生命是神奇的画笔，人生的追求是它的颜色，有火爆的红，有热烈的黄，也有温馨的蓝。任你用某一种颜色都会描画出风景，不过有的深邃，有的恬淡。

　　所以，热爱人生必须热爱生活，这是谋求幸福的唯一答案。热爱生活就要把每一个早晨都当成驿站。每一天都从新的起点出发，去迎接新的太阳，去迎接新的挑战。以信念为旗，直到生命的极点。也许你自己无法看到自身的画卷，但你要相信，你所留下的每一串脚印，都会成为这个世界最美丽的花环。

朋　友

朋友就像一棵树，没有朋友，人生就少了一道风景；朋友就像一束花；没有朋友，生活少了一份温馨。

朋友不是女人的项链，只用来装饰自己；朋友不是廉价的鞋子，穿过了就可以随便扔掉。

朋友是树，你也必须是树，两棵树站在一起，就不会感到生活在这个世界上很孤独。风来一起挡风，雨来一起抗雨，风雨过后，一同在阳光下袒露自己的真诚。

朋友是花，你也应该是花，只有许多花开在一起，春天才会灿烂。当然，如果你甘心做一片绿叶，那会更好，鲜花在绿叶的衬托下，会开得更加娇艳。

真正的朋友像人的指头，握在一起才成拳头；真正的朋友就是一群奔跑的小牛，一起竞赛才有劲头。

朋友是没有血缘的兄弟。既能同甘共苦，又能共享快乐。朋友间最忌讳虚伪和狡诈，朋友间最重要的是信任与真诚。

敞开胸怀去拥抱我们的世界吧，你会发现你已拥有许许多多的朋友。

友　谊

　　友谊有时就像花朵，孤寂时送你一缕温馨；友谊有时就像春醪，喝一口芳香醉人；友谊有时就像火苗，可以驱逐寒冷；友谊有时更像雨丝，可以滋润干涸的心。

　　友谊不是商品，不能随意买卖，它一旦和金钱连在一起，便会立刻贬值。

　　友谊不能索取，但却可以馈赠。这是一份特别的礼物，只有心灵才能感受出它的价值。

　　友谊不能泡在酒里，泡在酒里会越品越淡。友谊不能挂在嘴上，挂在嘴上会越磨越薄。

　　在逆境中建立起来的友谊，就像生长在沙漠中的小树，尽管艰难，却有着顽强的生命力，可以经受住任何疾风暴雨。

　　友谊是一条铺设在心灵与心灵之间的路，走得越多会越见宽广。如果失去了沟通，亦将变得荒芜。

珍重友谊就得到了快乐，失去友谊，孤独和寂寞就会困扰住你。

友谊是一座桥，真诚是它的基石。

做个男人应该是一种骄傲

圣经上说，女人只是男人的一条肋骨。如果男人不慷慨地把它献出来，这个世界上恐怕就不会有女人。所以，男人常说女人是天生尤物，把她们当成珍宝，怜香惜玉，百般关爱。女人因此就更离不开男人。

男人对于女人来说，是可以依靠、可以乘凉的树，是可以挡风的墙、可以遮雨的伞，更是可以归复的岸。

但男人除了属于女人之外，更属于这个世界。对于世界来说，他们是隆起的山脉，是大地的脊梁，是大厦的支柱，是天空的太阳。

女人自认是水，要求男人是船，永远漂浮在她们柔柔的爱中，这是一种美好的愿望，但这也是一种不可饶恕的错误。

男人在这个世界上，除了生存和爱以外，更重要的是需要做事。需要在不懈的努力中实现被世界认同的人生价值。

所以，男人回报给女人的不单纯是爱，爱之外还应有责任。让女人生活幸福是一种责任，让女人在人前为自己事业的成功感到荣耀，也是一种责任。

男人的一半属于家庭、女人和孩子，而另一半则应完全贡献给事业。这正是哲人所阐释的观点。

不懂感情的男人，不是完整的男人，没有事业的男人，不是真正的男人。

所以，我说，做一个真正的男人应该是一种骄傲。

幸福永远在路上

幸福是什么？它像雨像雾又像风。它变幻莫测，它扑朔迷离。它是雨后天空中的七彩云霓，它是叠映在万花筒中的魔光幻影。但它却又是切切实实的存在。它是人人祈望得到，但又不易得到的一种向往，它是人类共同的追求。

幸福存在于万千种状态，幸福是不同个体的不同感受。热恋中的少女，能得到恋人的一吻即为幸福，而年轻的母亲能在劳碌之后听到孩子唤一声妈妈也是一种幸福。球迷看球是幸福，戏迷听戏是幸福，书迷如果每天能让他摸一摸他心爱的书，那也是一种幸福。

幸福近乎于一种满足，但幸福并不等同于满足。在沙漠中艰难行走的旅人，粮食和水能解决他的饥渴，但并不能给他幸福。如果他是一个淘金者，看到黄金是他的幸福；如果他是一个探险者，奇异发现是他的幸福。但假使他是一个流浪的诗人，这些他都不需要，能在沙漠中行走即是幸福。可见，幸福并不一定在于结果，有时也是一种过程。

幸福并非无根之木无本之花，积极的追求、平和的心境、友善的行为都是衍生幸福的乐土。

幸福并不仅仅限于得到，幸福有时更需要付出。农人劳作，一分汗水，便是一分收成，没有付出就无法获取。

有时给予比索取更为重要。争之不足，让者有余，就像太阳以阳光普照大地，大地报世界以万物，这才是幸福。

幸福与自由并存，没有自由就没有幸福。

幸福有时更需要产生幸福的环境。鱼儿游在水中是鱼儿的幸福，鸟儿飞在天空是鸟儿的幸福。各有各的境域，各有各的追求。如果让鸟儿飞进水中，让鱼游上天空，非但不会幸福，还会酿成灾难。如果把它们关进笼子里，或装进罐子里，它们也同样不会幸福，而只有痛苦。

幸福永远走在路上，追赶它，它就与您并行，放弃它它就离您而去。要想得到幸福，就别忘了为之奋斗。

失去希望将是最不幸的人生

希望是一只不知疲倦的鸟儿，它一直在天空中飞。无论你怎样追赶，它总是与你保持着一定的距离。它让你看到它，但它绝不会让你轻易地捉到它。

希望是幻想中的树，生命不老，它也不老。只要你心中的春天常在，它就会永远长青。

希望是鲜艳的花朵，开了又落，落了又开，把芳香和美丽奉献给世界，在循环往复中求得永生。

希望是奔腾的水；

希望是流动的风；

希望是黎明的霞；

希望是夜航的灯。

希望是天空中的星斗，闭上眼睛时它很近很近，睁开眼睛时它又很远很远。

希望是草叶上的露珠，太阳在它闪烁的光芒中滚动。

希望是困苦中的力量，它可以让鱼撕破网，也可以让鸟冲破牢笼。

希望是严寒中的火把，希望是黑暗中的光明。

希望能让石头开出花朵，希望能让坚冰燃起火焰。

希望是种子的梦，温馨中孕育着美好的憧憬。

希望是生命的太阳，失去希望将是最不幸的人生。

人有时需要换一种活法

世界上的路有千万条，你爱走哪条，就应该毫不犹豫地迈开你的双脚。你的双脚只归一个人支配，没有谁能规定你，也没有谁能阻止你，一切都应该属于你自己。

如果你真觉得活得很累，你完全可以换一种活法。在现代的社会里，我们每个人都应该是自由的人，头就扛在你肩上，为什么要难为自己呢？喜欢阳光，你就去拥抱太阳；喜欢清幽，你就去亲近湖水；喜欢大山，你就做一棵山巅上的树；喜欢蓝天，你就做一只无忧无虑的鸟。切不可老跟在别人后面，去痛苦地做那些违背自己意愿的事情。你是你自己的上帝，你应该主宰你自己。

人生一世，草木一秋，谁不爱潇洒？谁不爱自由？想潇洒就不能唯唯诺诺，要像江河一样一泻千里，放纵奔流。但千万要选好方向，一旦迈开脚步可就千呼万唤难回头；想自由就不能怕这怕那，要像新竹破土，嫩，也要顶翻头顶的石头。没有这样的勇气，没有这样的魄力，你这一生都要按照别人设定的路线去走。走向哪里你不清楚，去干什么你不清楚，直到生命之火燃尽，空悲切，白了头。

如果换一种活法，你会觉得你走进一个新的世界。如古人曾经描写的境界，登高望远，更上层楼。那里会有清风明月，会有花团锦簇，会有莺歌燕舞，会有碧水轻舟。烦恼随风而去，忧愁逐水东流。你会在一觉醒来之后和这个世界合为一体。拥有了快乐，拥有了潇洒，拥有了自尊，拥有了自由。

为自己找到一个理由

面对生活，永远也不应该紧皱眉头。设法为自己找到一个理由，让年轻的心随风去飘流。

变成一朵云；

变成一只鸟；

变成一条鱼；

变成一片叶。

随便变成什么都无所谓，只要它能够获得解放，能够得到自由。

人不应活得太累，特别是在我们还没有长成的时候。太累就会变成一棵长不高的老树。

活就要活得充实。

活就要活得潇洒。

千万别把自己藏在面具后面，一生一世都不把真实外露。欺骗自己，也欺骗了世界。

想哭，就哭个够；

想笑，就笑个够；

想恨，就恨个够；

想爱，就爱个够。

人生中不能没有风景

在天空下，树是一种风景，云是一种风景。山山水水，包括山上的石头，水中的莲蓬，无不是一种风景。但一位哲人说，这世界上人才是最美的风景。

人是自然中的风景，那么人生中有没有风景？

一位伟人，指点江山，激扬文字，挽狂澜于既倒，扶大厦于将倾，他以他的气魄与才智给历史插上彩页，他的功劳便是他人生中的风景。

一位哲人，洞悉宇宙，心怀万物，立天地之宏论，穷世间之事理，树路碑于迷途，亮灯盏于暗夜。他的睿智也是人生的风景。

一个普通人，没有伟人的功劳也没有哲人的睿智，但他们也有他们的人生风景。为官的造福于民廉明清正；为文的激恶扬善，激浊扬清；为教的育栋梁于民；为农的莳谷物以繁茂。这些，无不是一种美丽的风景。

人生也是一片天空，人生中不能没有风景。

生命也是一种缘

爱是一种缘，生命也是一种缘。

生命就像一粒种子，只有春天撒进泥土里才能长出一片绿色。如果在冬天里失落，也许只能变成一粒鸟食。

叶子在树上还是叶子，叶子离开树木就化作一撮泥土。

还有那些水珠，滴在夏天就蒸腾为雾，滴在冬天就凝固成冰。雾也是水，冰也是水，滴在冬天或夏天都是一种缘。

还有那金黄色的桔子，生在江北即为枳，生在江南则为桔。这更是一种缘。

我们来到这个世上，就像种子撒在春天，就像叶子长在树上，就像水滴在夏天或冬天，就像桔子生在江南。

所以，必须珍惜这种缘，珍惜生命中的每一年、每一月、每一天。只有这样，你才会感受到这个世界的可爱，才会懂得这个世界上最宝贵的不是金子而是时间。

时间不是金子

时间是水，泼出去就再也收不回来。

时间是空气，你看不见它，它却处处都在。

但时间不是金子，金子有价，时间无价，谁说时间就是金子？

金子不会消失，它是一种永恒的物质。时间无形，时间也无声，它总是稍纵即逝，谁也没有办法把它积攒起来。

失去金子还可以重新得到。

逝去的时间却永不会再来。

今天的太阳不是昨天的太阳；

今天的流水不是昨天的流水；

今天的树木不是昨天的树木；

今天的我们也不是昨天的我们。

珍惜生命，就珍惜时间吧，它就像叶子和花瓣一样，不间断地随风飘落，它就像生命一样一旦逝去，永不再生。

如果你是一棵树，就在春天里开花，在夏天里结果，在秋天里成熟。倘若错过了一季，就会耽误一生。

时间不属于任何个体。

时间为我们大家共有。

时间也绝不可以兑换，要想拥有就尽力去做好一切你应该做的事情。

崇 尚 平 凡

平凡也是一种伟大。

你见过很小很小的砂粒和石子吗？它们铺到一起就是一条路，堆在一起就是一座山。你见过天空中的雨滴和草叶上的露珠吗？它们聚到一起就是一条河，汇到一处就是一片海。它们平凡，但平凡中孕育着伟大。

大地平凡，大地是万物的母亲；

石头平凡，石头是大厦的基础；

绿叶平凡，绿叶是花儿的陪衬；

小草平凡，小草是春天的衣服。

人在世界上就像天上的星星，不是每一颗都如日如月，不是每一颗都能永恒。看似微小的不一定真小，只因我们距它太远；看似巨大的不一定很大，只因它距我们太近。永恒是一种荣耀，瞬间陨落也同样有它的价值。

人生呢，则像山脉，起起伏伏才能走完一生。深入谷底正是向上的开始，登上峰顶之后便得开始坡行。不可能每一天都轰轰烈烈，不可能每一季都柳绿花红。野草尚且枯荣有序，人岂能不在这法则之中？

平凡并非平庸，安于平凡是一种境界，安于平庸则是一种无能。平凡者可能是长在涧底的高树，而平庸者生在山巅也只能是一株矮草。平庸者可鄙，平凡者可敬。

崇尚平凡就要安于淡泊，多做实事少想功名。能做一粒泥土，就去孕育希望；能做一滴雨露，就去滋养幸福；能做一株草就去慰藉大地；能做一棵树，就去支撑天空。无论做什么，都应脚踏实地，不然就将一事无成。

人生也需要不断地完善

生命虽然短暂，人生却是一个漫长的过程。就像一棵树，一时，一天，一月，一年，看似相同的形象，实际上它们时刻都在变幻着新的自我。今天的高度不会是昨天的高度，今年的叶子也不会是去年的叶子，我们每一次见它，都应感觉它比原来那棵树更高更大。

人和树没有什么两样，父母造就我们，只是给了一条生命，就像树有了一条深埋在泥土下的根。而枝干要靠时间的推移，靠阳光和雨露的哺养，靠自身的不懈努力，才得以生长壮大。所以，同类树种，根基相同，年轮相同，形状却千差万别。高高大大者为栋为梁，低矮萎缩者为柴为薪。谁使之然？并非完全因为环境，更重要的当是自己。

然而，树曲难直，人生却可重塑。不是说浪子回头金不换吗？其实，要回头的又何止浪子，每个人都应不断地回头自视，看留下的脚印是直是曲。只有这样，我们才能不断地校正自己的脚步，实现圆满人生。否则，你就会走许多弯路，甚至误入歧途。

完善自我，首先需要认清自我，如果你硬要从一棵小草长成一棵大树，不仅不能成为现实，会给世人带来笑柄。完善自己，就是要按照自己选定的方向，坚持不懈地走下去。要坚信，只要有耕耘，就必然有收获，只要有付出，就必然有所得。

如果你害怕孤独

一棵树站在田野里，它很孤独。风可以任意将它摇晃，雨可以任意将它捶打，它无力反抗，也无法向任何对象倾诉心中的痛苦。有一天，田野上来了一群人，他们扛着锹，抬着水，在这棵孤独的树旁边栽下了无数棵树，这里成了一片树林，那棵孤独的树从此不再孤独。

其实，我们每个人都是一棵树，一棵孤独的树。如果你害怕孤独，你就必须学会去寻找另一棵树。学会去寻找一片树林。或者说，为自己营造一片树林。只有当许多树站在你身边的时候，你才会找回信心，找回快乐。

人是一个独立的个体，人类却是一个整体。无论你是弱者还是强者，离开由无数个个体人组成的社会都无法生存。就像田野里那棵孤独的树，随时都有被风吹折的危险。所以，热爱生命首先必须热爱生活，爱亲人，爱朋友，爱与你生活在一个群体中所有友爱善良的人。

你如果孤独，是因为你对别人封闭。开启心灵的窗户，灵魂就会沐浴春风。投以微笑，报以微笑，没有耕种，哪有收成？要排遣孤独就敞开心扉去寻找友谊吧，让你的情感在交流中得到慰藉。

切记：独木难支，二木为林，三木为森，如果有许多树和你站在一起，你不仅可以增添无限的力量，还会增添无限的快乐。有树就会有鸟，有鸟就会有歌，有歌声就会有欢乐……

理想与梦想

每个人都拥有自己的理想，它是生命的重要组成部分，会伴你度过一生。

但理想不是粮食和水，它只是挂于天空中的一颗星星。它永远在你的生命中闪烁，永远伴你远行。它属于你，但不会被你捉住，它会与你保持着绝对的距离，你一生别想把它搂入怀中。

它有时也会变幻成另一种意象，雨后的太阳或夜海上的标灯。但无论如何它都会吸引着你，让生命的翅膀和船桨奋力地划动。

这就是理想，这就是生命与青春同在的梦。不管你的理想伟大或者渺小，只要你拥有了它，你就有可能走向成功。

梦想与理想不同。梦想是痴人的呓语，是海市蜃楼，是水中幻月，是空山云影。无论它多么美丽，多么迷人，它都不会成为现实。

　　但是，生活在现实中的每一个人又谁都离不开梦想。它有时是风，能把郁结在你胸中的愁云吹散；有时是药，能把生活留给你的伤口抚平；有时，它也是旗，是帆，让你看到缥缈的希望。

　　人生需要梦想，但绝不可沉于梦想。只有在理想的引导下，在梦想的簇拥中，踏踏实实地走路，你才有可能登上生命的顶峰。

镜中的哲理

一面镜子摆在面前，有时比一部书更耐看。是为之所得，恭列如下：

A．貌似深不可测，实际十分肤浅。

B．天性正直，有时也会被人为地扭曲（照哈哈镜）。

C．背过脸去，才能看到世界的另一面。

D．只有光最清楚它的弱点。

E．只看不说，所以才是大家共同的朋友。

F．面对世界，眼睛永远睁着。

G．送给别人的是快乐，留给自己的是寂寞。

H．让高兴的人更高兴，让痛苦的人更痛苦。

I．讨人喜欢，也惹人烦恼。

J．沉默有时候更让人害怕。

K．审视别人，却总忘了自己。

L．不在乎别人的好恶，永远不隐瞒自己的弱点。

M．一间无门的房子，想进则进，想出则出。

物质与精神

1

　　物质对于生命来讲，永远是第一需要。动物离不开食物和水，植物离不开阳光、雨露和风。没有物质就没有世界，没有物质更没有人类。所以，古人常说：暴殄天物者夭寿。意在警示世人，珍惜生命，首先要珍惜物质。物质，乃人类生命之源。

2

　　精神也是一种粮食，喂养着人的灵魂。灵魂的饥饿是最大的饥饿，它会使人失去理智，变成禽兽。

3

物质上贫穷的人，绝不意味着精神上的富有。精神富有的人也绝不意味着物质上的贫穷。而往往是物质贫穷的人精神也同样贫穷，物质富有的人精神却不富有。精神富有者在这个社会里实在是凤毛麟角，微乎其微。

4

相对于精神，物质更为重要。一个人如果连生存都维持不了的时候，他绝对没有任何心情去欣赏音乐或者诗歌。但是，物质的贫穷可以改变，精神的匮乏却难于医治。

5

物质可以给予，精神却不能施舍。

6

追求物质财富的人，是现实主义者；追求精神财富的人，是理想主义者。既有物质财富又有精神追求的人，是完美主义者。

在这个世界上没有物质意欲、只有精神追求的人是绝对不存在的。人的需求总是从低级到高级，由物质到精神。那些爱唱高调的人，都是十足的骗子。

男人与女人

不懂得温柔的女人，并不是真正的女人；没有性格的男人，也并不是真正的男人。男人与女人的区分，不仅仅在于性别。

男人属泥，无刚则无别于无骨。

女人属水，无柔则冷硬如冰。

男人以事业为重，无论是贩夫、是走卒，或是仕宦是雅士，他总想着把他该做的事情做好。所以，人们总是说男人以征服世界来征服女人。

女人以男人为重，或柔情如水，或暴烈如火，她总是想尽一切办法来控制男人。或为衣为服，为墙为壁，或为牛为马，为书为弈。总之，我跟了你，我就得征服你。所以，就还有一句名言，叫女人以征服男人来征服世界。

女人的脸是夏日的天，说变就变。

男人的心是春天的种，落地生根。

女人看世界，近处的清楚，远处的模糊。

男人看世界，远处的清楚，近处的模糊。

所以，男人与女人只有互补，才能够真正了解这个世界，才不至于在漫长的人生路上迷途。

男人在思考问题时，理智多于感情。

女人在思考问题时，感情多于理智。

但在行动时，男人与女人恰恰相反。

所以，在处理事情的时候，展现出来的是男人多莽撞，女人多冷静。

世界是男人与女人共同的世界。在男人的世界里没有女人，就缺少了一道风景；在女人的世界里如果没有男人，缺少的则是一道屏风。

男人与男人，女人与女人，成为朋友，得到的是快乐；男人与女人，女人与男人，结下友谊，感受的是幸福。

说　人

　　为了别人的幸福，牺牲自己的幸福，为了别人的快乐，贡献自己的快乐，为别人付出许多许多，且又不肯让人报答，心中常把别人置于自己之上的人，是最可敬的人。

　　受到挫折不气馁，有了成绩不自夸，宠辱不惊，能正视自己也能正视别人，遇到困难不低头，遇到危险不退缩，敢于面对现实，敢于承担痛苦的人，是最有成功希望的人。

　　吃了肉还要骂娘，得了便宜还要卖乖，当面一套，背后一套，阳里是人，阴里是鬼，受人恩惠，不思报答，反要恶意中伤于人的人，是最可恶的人。

　　与自己深爱着的人生活在一起，却无法得到所深爱者的爱，只有奉献没有所得，且要常常遭受痛苦与折磨的人，是最不幸的人。

没有才能却要自恃清高，生性怯懦却强逞凶悍，自高、自大、自骄、自傲的人，是最可怜的人。

看别人都是毛病，看自己都是优点，把自己的无理取闹当作真理，把别人的宽宏大度当作软弱，只见树木不见森林，只知索取不知奉献的人，是最无知的人。

不思进取，却总渴望成功；自甘平庸，却不愿看到别人进步。不懂水涨船高，只盼水落石出；总想举着石头去击打对手，然则又常常砸了自己的人，是最愚蠢的人。

奉献一厘，夸大一分，只记付出，不记所得，对别人的给予不提不念，对自己的付出念念不忘，嘴上总说自己如何如何慷慨的人，实则是最自私的人。

说　爱

爱是永恒的主题。但谁真正悟出了爱的真谛？

鸟儿爱树，要用歌声解除树的孤寂；叶儿爱花，要用自己衬托花的美丽；鱼儿爱水，要终生与水为伴；星儿爱月，时刻形影不离。

爱是一种机缘；

爱是一种默契；

爱是一种奉献；

爱是一种痴迷。

爱就意味着牺牲，决不允许索取；爱就意味着刻骨铭心，决不允许三心二意。爱是相互间的信任与谅解。爱是艰难中的支持与相依。

爱，有时是诗是画；

爱，有时是风是雨；

爱，在雨中相依为伞；

爱，在海上同舟共济。

爱是人性最美丽的升华，爱是一种特殊意义的友谊。

说　路

1

路在前，脚在后，这条路永远也走不到头。你会感到很累，因为你在跟着别人走。

2

脚在前，路在后，你的足迹将在岁月中印留。你是先行者，你会成为路牌，让后来者跟你一起走。

3

路在脚下，还可以消失；路在心中，才能永远笔直。

4

以金钱铺路，终将路断人稀；

用友情铺路，可以大道成衢。

5

走自己的路，有荆棘伴你，可不会丢失自己；走别人的路，诚然容易，但最后却找不到自己。

6

人可以选择路，路也在选择人。人与路是一对伙伴。人不会永恒，路也不会永恒。

7

抬头走路，可以把握方向；低头走路，可以看清脚前。

8

摔了一跤，不一定再不能站起；不跌跟头，不一定就能永远前行。

论 修 养

人需要有个性，但绝不可无修养。个性是实现自我价值的基础。修养是完善人生的条件。

没有个性的人生不是真正的人生，没有修养的人不是完整的人。

人需要有修养，就像树需要剪枝。如果一棵树不加修理，任其枝杈横生，永远也不会成材。

修养的养成是一件十分不易的事情，既需要勇气又需要毅力。勇气者，即要敢于承认自己的错误，敢于面对真理和现实，敢于用力砍去自己不应有的尾巴。毅力者，就是能够持之以恒，无论在什么条件下都不要忘记自己既是自然的人，同时更是社会的人。

修养就如阳光和雨露，失去它草木就无法生长，世界就会变得黑暗和干涸。

论 善 恶

1

善，人之独有的美德。失之便将与禽兽无异，为同类所鄙。

2

与人为善，且能善始善终，是为真善；施恩图报，并时时将善行示人，唯恐世人不知，是为伪善。

3

以仁者之心爱人，善如阳光照物，坚冰可解，槁木自新。

4

为善而善，不为真善。行善不知为善，是为大善；假善
为恶，瞒世欺人，是为大恶。

5

大善者以仁义为粟，精神可餐天下。

6

多行善事，天不报、人心自报。

7

善恶之行，并存于世，如日月经天，不由好恶。但人非
土石，任风任雨，夜伏昼行，自可选择。

8

善恶并行。近善者，人们视之为朋友，近恶者，人们视

之为敌人。

9

与人为善，慈悲为怀，胸怀将与天海同阔。可纳百川，亦可容万物。

10

助恶者比做恶者更可恶。

11

对付恶人的办法就是比恶人更可恶。

12

有人问上帝如何行善，上帝说你已经在行善了。

13

善良不等于施舍。

论 父 子

1

生为人子，当尽孝道；

生为人父，当尽父责；

母爱宜慈，父爱宜严。

2

母爱如衣，千里之行，可得身心温暖；父爱如绳，生年百岁，可得人生正直。

3

慈爱并非放纵，木受绳则直，钢受热可弯，没有规矩不成方圆。古人之言，前车之鉴。

4

事幼如树，旁枝必剪。如任横出，何日参天？

教子之道，首教做人。人无正品，才则为患。

5

以己之心，度子之心，心灵可通。

以己之愿，强施于人，子心常违。

6

两心相悖，虽近犹远。

两心相印，虽远犹近。

父子一心，可塑新人。

7

子之过，父之责。

8

纵子如杀，蔓草必延。
无使滋蔓，当先剪断。

9

心道如河，堵不如疏。
坝高水溢，渠通波平。

10

新竹出土，春雨使然。
竹大分枝，是为必然。
无须强求，顺乎自然。

论 女 人

1

《圣经》上讲，女人是男人的一条肋骨，所以女人应该永远做男人的附属。但在信奉上帝的地方，女人竟率先得到解放，不仅独立自主，而且还要和男人一样主宰世界。不知是这些女人背叛了《圣经》，背叛了上帝，还是他们在《圣经》中领悟了真谛，找回了自我？

2

女人是一道奇特的风景，可以让单调的世界美丽；女人是一种特殊的音乐，可以让寂寞的空间充满欢愉；女人是一幅深奥的油画，让不同的眼睛读出不同的主题。

3

女人柔情似水，却总希望男人挺拔刚毅；女人心细如沙，却总希望男人胸宽如宇；女人总是变化莫测，看似快乐的时候却常常落泪，看似柔弱的时候却又显示出几分刚毅；女人在幸福中常常臆想出种种不幸；在危难中却又对未来做出最美妙的设计。

优秀善良的女性是人类的财富，更是人类的幸福。

4

女人是天生的尤物，世界如果没有女人，就会少一道风景。因此，这个世界便成了女人的天空，有男人的地方必有女人，没有男人的地方也有女人。即便是只有男人的地方，男人也无时不在谈论女人。

5

女人的美不仅仅在她是否有漂亮的脸蛋和苗条的身段，更在于她是否有善良的心地与良好的修养。美丽的容颜稍纵即逝，美好的心灵才会永久。外表的美丽不是真正的美丽，心灵的美好才是立身之本。美丽的容颜只能讨得男人的喜欢，美好的心灵更能赢得世人的赞誉。

6

女人属水，柔中带刚。所以有人就说，女人像芦苇，在微风前摇曳，但在风暴下也不会被摧残。她那貌似柔弱的坚毅是男人永远也无法想象和企及的。

7

没有女人，就没有人类。尊重女人，即是尊重生命。

8

男人需要风度，女人需要气质。没有气质的女人，即使赛若天仙，也不过是一张画片。气质是修养、学识、仪表的集合，是心灵乃至灵魂的外现。女人没有气质，便失去了魅力。

9

有位先哲曾经说过，女人永远是男人的老师，是她们教会了男人如何生活。可他忘了女人是猫，男人是虎，女人赢得男人的喜欢容易，女人赢得男人的尊重很难。

10

女人与男人最大的区别就在于她们更懂得如何用爱去征服世界。正如缪罗克所言：一个女人对男人能显露的最深度温柔，是帮助他尽他的义务。但是温柔绝不等于柔顺。过分的柔顺是一种埋没个性的矫饰，女人如果失去自我，命运便会变得悲惨，这是万万使不得的。

11

家有悍妇，男人多舛；
家有贤妻，男人多福。

12

一个优秀的女人就像一部伟大的著作，让你一生都品读不完，一生都承受着它的滋养。相反，一个庸俗的女人就像一本劣质的知识读物，翻阅一遍之后就再没有捧读的兴致了。

13

孔老夫子说，唯女子与小人难养也。盖言女人亦有小人之劣性。这是对女人的另一种认识，但并非所有女人皆是如此。

14

女人在很多时候都是精神病患者，因为她们常常生活在幻境之中。她们把臆想当作现实，把痛苦或欢乐无限地夸大。但一旦从幻梦中醒来，却又常常追悔莫及。

15

一个高尚的男人和一个庸俗的女人生活在一起，也会变得庸俗；一个庸俗的女人和一个高尚的男人生活在一起，她却绝不会变得高尚。

奉 献 真 诚

真诚是一种无私的袒露；

真诚是一种没有隐瞒的沟通。

没有真诚就没有信任；

没有真诚就没有友爱。

真诚是一颗心通向另一颗心的通行证；真诚可以让友谊之树长青。

自尊与尊重

（一）

要想赢得别人的尊重，首先必须学会尊重别人。人活在这个世界上本没有贵贱，就像大树与小草，像骆驼与山羊，在造物主的眼里，都是物种之一罢了。只是人类误入了世俗的歧途，才把人分为三六九等。在这一点上，毛泽东先生最为清醒，他指出，共产党人没有职位高低，只有分工的不同。他主张人类的平等，这就是人性的复归。

（二）

要想赢得别人的尊重，更需要懂得自尊。如果你自己都不能尊重自己，别人为什么还要尊重你？自尊不是自傲，自尊如水中之荷，出淤泥而不染；自傲如墙上之草，自然会遭到风的摇晃。失去自尊，就失去了人格，失去了做人的根本。自尊的前提是学会自爱，爱惜生命，爱惜名誉，爱惜生活，爱惜身体，爱惜这个世界赐予你的一切。

（三）

尊重别人需要的不仅仅是一种表示，一种态度，更重要的是一种真诚。只有发自内心的尊重才能给人以愉悦，才能换取别人对你的尊重。否则，你以虚伪对人，人就会以痛恨还你。其实，这个世界上的每一人都值得我们尊重。指点江山的伟人，天真烂漫的孩子，每个人的身上都有值得我们学习的东西。就是世人都瞧不起的势利小人，他还是不乏精明，这也值得尊重。当然，仅仅这一点值得尊重，其他又当别论。

（四）

当别人尊重你的时候，当保持头脑的清醒，看自己是否值得别人的尊重。当别人不尊重你的时候，也不必恼怒，要冷静地想想，为什么不能赢得尊重。大权在握者，可以以权赢得尊重，但那不是真正的尊重，那只是一种敬畏，敬的是你的权，而不是你的人。富甲天下者也可以赢得尊重，但那是敬羡你的钱财，更不是真正的尊重。只有以人格的力量赢得的尊重才是真正的尊重，这种尊重不仅持久，而且会永恒。

（五）

尊重别人是一种境界。

赢得尊重是一种力量。

你有高尚的品德可以赢得尊重，你有出众的学识也可以赢得尊重。怕就怕既做不了好人，又做不了能人，那就永远也无法赢得别人对你的尊重。所以，人活在这个世界上必须不断地完善自己，不断地武装自己。自己是自己的敌人，自己也是自己的救星。最关键是看你能否做到自尊、自爱、自强，自重。如果你能做到，你不仅会赢得别人的尊重，更会拥有一个美满的人生。

挚诚小语　　079

随 笔 三 篇

（一）

整天夸说自己正派的人，往往最不正派。证实自己最好的办法，不是语言，而是行动。

卑鄙者的眼睛永远也无法辨认出高尚二字。

随意将污水泼向别人的人，他的心中一定充满着邪恶。

一个人一旦被邪恶占据了心灵，他就会变成一个失去理智的魔鬼。

敢于正视自己的错误，才是真正的勇敢；敢于指出别人的错误，才是真正的正直。

一个智者最大的智慧是能够把敌人变成朋友；一个愚蠢的人最愚蠢的事情就是把朋友变成敌人。

专挑别人毛病的人，是因为他心中的善良太少。

（二）

对于金钱与权力的欲望，有时会让人丧失理智，丧失人格乃至人性。它会让一个女人堕落，让一个男人疯狂。

欲望是一个黑洞，没有人能探出它的深度。欲望是一个美丽的陷阱，它会让所有贪婪的人上当。

拒绝诱惑的唯一办法，就是别让欲望之火在你心中点燃。这把火一旦燃起，就没有任何办法可以控制，直到把你焚尽为止。

欲望愈是强烈，在破灭时就会愈加痛苦。期望越高，失望越大。此乃真理也。

（三）

距离能够产生美，距离也能够让你把对方的缺点看得更清。所以，苏东坡说："不识庐山真面目，只缘身在此山中。"

轻薄的表现比无知的木讷更可笑。轻薄已暴露了你的无知，木讷却当可做几分遮掩。

孔夫子说，己所不欲，勿施于人。在关键时刻，牺牲他人保护自己的人，不仅自私而且阴险。与这样的人生活在一起，可以说是与狼共舞。

沉默有时是金，沉默有时也会误事。当你的沉默不能被人理解的时候，这种沉默便一文不值。

心 灵 笔 记

1

做人不能总沉湎于过去，无论你的过去是成功还是失败。背负成功会沾沾自喜，会止步不前；背负失败则更会悲观失落，痛苦不堪。最好是学会"背叛"，把喜悦和痛苦都留给昨天。只有这样，一个轻装的自我才能轻松地面对生活。

2

昨天是昨天的终点，今天是今天的起点。太阳虽然每天都会东升西落，但是昨天的太阳绝不会照到我今天的这张脸。

3

把握现实比回忆历史更为重要，历史只是一面镜子，现实是路，一步一步，坚实地走下去，才能走到你想去的地方。

4

人可以忘记过去，但不能背叛历史。

忘记过去是为了放下包袱，轻装上阵。背叛历史则意味着自断血脉和根。

5

成功与失败，光荣与耻辱，都需要牢牢记住，这是我们前进的动力，要时时用它来激励自己或警示自己，但不可常常背在身上，背在身上就变成了包袱和压力。

6

作为百姓悲莫大于失去亲人，作为智者悲莫大于得不到别人的信任。也就是古人所说的报国无门，怀才不遇。所以，陈子昂登上幽州台，大呼"前不见古人，后不见来者"，而且还要"念天地之悠悠，独怆然而涕下。"孤独无助，悲从中来，这是人才的大不幸，更是国家的大不幸，民族的大不幸。

7

乐水者智，乐山者仁。

仁厚又聪明的人既爱山又爱水。

8

无话不说是挚友；

敢说真话是诤友；

有求必应是好友；

形影不离是密友；

同流合污是损友。

9

寻有肝胆者为友，与有肝胆者谋事，这是男人处世的基本准则。

10

知道感恩的人，定会心存善良，心存正义。如果一个人连帮助自己的人都不知道感念，他一定没有良知，更不会有人性，甚至连狗都不如。

11

常说自己讲究的人，其实未必讲究，真正讲究的人，是不会表白的。表白者的目的是担心没人知道他讲究，这不是真的讲究。如果他确实做了讲究的事，那也只是"将就"。

12

有人吹牛是为了给自己鼓劲；
有人吹牛是为增强别人对自己的信心；
也有的人吹牛是为了吓唬别人。

13

大话比空话好，真话比假话好。假话骗人，让人上当，让人伤心。
敢说真话的人，是他敢于对他说的话负责任。

14

名誉要服务于大众，才有快乐；爱情要奉献于他人，才有意义；金钱要布施于穷人，才有价值。

15

做一个正直的人，不仅需要修养，需要勇气，更需要智慧。有勇无谋，有谋无勇，都无法做到正直。

16

人生的智慧，一半靠学习，一半靠经验。古人的经验，前人的经验，别人的经验，也包括自己的经验。

17

吃一堑，长一智。吃一次亏，就会积攒一份经验。经验多了就成了智慧。

18

诗应见心志，不可学太康。

19

吃亏是福。

一是吃亏可以让人积累经验，以后不再上当受骗，从而增长人生智慧。二是吃亏能博得别人的同情，人们在通常情况下总是同情弱者的，这样，便可以免受攻击。

20

要求别人的越多，自己受到的约束越大；要想自己有足够的空间，就必须给别人以足够的自由。

21

安贫乐道，富而好施，与人为善，何忧之有？何祸之有？

22

把困难留给自己，把利益让给别人，这是一个有胸怀的人做事的重要原则，不求别人感激，只求内心安宁。

23

没有追求就没有动力。

24

目标决定方向，细节决定成败。

25

古人云：临渊羡鱼，不如退而结网，正是孟浩然之所谓"坐观垂钓者，徒有慕鱼情"。

26

平安是福，平淡是真，平常心志，平等待人。

27

人贵自知，自知者自重，自重者方能自省，自省者方能自励。

28

君子受辱，心里想到的是宽恕；
小人受辱，心里想到的是报复。

29

大丈夫最痛苦的事，就是表面风光，心里苦闷，妻不贤，子不孝，友不真，亲不靠。

30

酒有的时候，是麻醉剂，不能疗伤，但能止痛。

酒有的时候，亦是催化剂，能让高兴者更高兴，悲痛者更悲痛。

酒有的时候，更是一把钥匙，能打开一个人的心扉，让他亲近的人进去。

31

人无恒心，难成大事，人不细心，难做成事。

32

经常检讨自己，方能少犯错误。

33

外界没有压力，自己不知努力，做事一定吃力。

34

敢于肯定别人，证明自己还有实力。如果担心别人超过自己，说明自己的优势已无。

35

见贤思齐，会产生一种动力。
嫉妒别人，只能让自己受伤。

36

心浮气躁，心安自宁。
爆竹心燥，沾火自燃。一怒上天，粉身碎骨。

37

能真心分享你快乐的人是挚友，能真心分担你痛苦的人也是挚友。能分享快乐，不能分担痛苦的人是投机者，不是朋友。

38

事情无论大小，只有认真才能做好。认真是成功之基；细节决定成败。

39

水在瓶中，满亦无声，空亦无声。

瓶中有水，水多时声小，水少时声大。

水在锅中，响水不开，开水不响。

40

为政者可以伤一个人，但不可以伤一群人。一人有错，一人之过，责之，众人皆悦。若不分青红，以一连十，法责众人，其政危矣，那麻烦就大了。

41

读书如同播种，是播撒正气。

42

名人更应有社会公德，不能胡作非为，亦不可信口胡说。

43

物我两忘，陶然自乐。这是人生一种淡然、泰然的态度。

44

出身不分贵贱，职位不分高低，在学问面前人人平等，在情感面前也人人平等。

45

人间有真爱，自是大境界。

46

心胸开阔，一切淡然。心无愧矣，一切泰然。

47

越担心失去的东西，往往越容易失去，越想得到的东西，恰恰最难得到。有句话叫"可遇不可求"，来则不喜，失之不忧。

48

人不欺骗自己，自会找到真感觉。

49

一个人如果心中充满了仇恨，他就永远不会快乐。

50

一个人被另一个人欺骗，如果他永不知情，他就是幸福的。如果他一旦知情，他就会对他产生厌恶。如果他当场揭穿，他就会变成他的敌人。

51

人生转折处，前程未可知，尚须多努力，自有出头时。

52

敞开心扉，便会有友情进入。真诚是赢得友情最简捷的办法。

53

和朋友聊天，就要用心灵倾诉，这是为自己减压的最好办法。

54

不说假话，人生就少去了很多麻烦。

55

用心不专，必定误事。

56

人需有大局观念，能自己尽职尽责是起码要求，能替别人分担责任是人品、风格的显现。

57

事不关己，高高挂起，如此自私，众人皆鄙。

58

隔墙有耳，是古人对无防人之心者的提示，是教人学会谨慎，懂得保护自己。特别是年轻人，对得意者更应以此为戒。

59

该说话的地方少说，不该说的地方不说。病从口入，祸从口出。

60

被人惦念是一种幸福，被人遗忘是一种悲哀。

要想不被忘记，就应做出让人常常想起的事情，让人记得你的好处，记得你的恩德，或者你给人留下的快乐。

61

谁若能不受心境心情干扰，保持平常心志，他就可称为一个了不起的人，一个卓有成就的人。

62

人往往总要高估自己，而低估别人。如果每个人都能客观地看待自己，也客观地看待别人，那么心中就不会有那么多的不平。

63

怨恨会让人的心里装满黑暗，怨恨更会让人丧失理智。

64

诗无文采不娱眼，唯有真情才动人。

65

若想了却烦心事，逃进深山做樵夫。

66

神仙之所以自在，因他无琐事困扰，可在这尘嚣之内，又有谁能逃避得了呢?

67

可读古人书，不可走古人路。以史为鉴，但不可重复历史。

68

花让叶骄傲，叶让花美丽。
水让鱼幸福，鱼让水快乐。

69

真诚可以打动一切。

70

互敬互爱，如果你不敬别人，别人为何敬你，你不爱别人，谁还会爱你？

71

当你肯对别人负责的时候，你已经对自己负了责任。

72

奖励比批评更能激发热情。

73

多说一句好话，就会少一份仇恨。

74

忘记了就没有烦恼。忘记了更不会痛苦。

75

商人最多的是狼性，一旦嗅到血味，决不会轻易放过。

76

大才必是通才。

77

一辈子从事一件事，仍然做不好的人，他对这个社会来说，就是累赘。

78

善良一旦挂在嘴上，这个人的善良就会大打折扣了。

79

一个人好心办了错事，但他终究还是个好人。一个坏人，无论如何都不会去办一件好事。

80

被人尊重，是一种幸福；被人应付，是一种悲哀。

81

谦卑可以避祸，逞强必定遭灾。

82

人生十有八九是不如意，这是至理名言。

83

无论多完美的设计，最后总会留下一点点遗憾。

84

政治家比艺术家更想完美。

85

当一个人将要或已经退出历史舞台的时候，他表现出来的总是恋恋不舍，他留恋的不一定是权力，他留恋的是在握有权力时得到的感觉。

当一个拥有权力又失去权力，并在将失去时说"无所谓"的人，表明他对权力是十分"有所谓"的。

86

文化人是最容易受感动的，特别是表演艺术家。掌声可以流泪，好话可以下酒，就连最虚伪的恭维也会让他们信以为真。

87

文化人最需要的是增强文化底蕴。

88

世界上万事万物都有自己的规律和规则。如能谙熟其中奥妙，自可随心所欲，成就王者霸业。如没有掌控能力，切不可逆势而行，否则必将自食苦果。

89

你能把握大局，自应顺势而行，假若不能，不可妄为。

90

人生顺其自然，做事顺势而为。

91

人心即天意。顺天自兴，逆天自亡。

92

不违自心，自得人心。

93

假势可以蒙人，真招才能取胜。

94

广结善缘，人生多路，与人为敌，便是与己设障。

95

自私的人，自无心胸可言。

自私便是自绝于朋友。

自作自受，是所有自私者的下场。

96

七分把握三分做，留得四分免遭祸。

97

什么是天才？就是你没看到怎么努力，他所做的事情却获得了极大的成功。这是黄永玉先生评价表叔沈从文先生的妙论，我十分赞同。

98

心存光明，世界就会永远明亮。

爱在心中，人生就永远温暖。

正义在胸，你就永远不会害怕。

99

心灵健康，即使身体残疾，生活会同样快乐。

100

拥有金钱不如拥有朋友，拥有权力不如拥有品德。

101

心理健康比身体健康更重要。拥有智慧比拥有财富更重要。

102

仁者爱人，只有懂得关爱别人的人，才能得到别人的爱，爱使人间变得无限美好。

103

抱怨生活是懦弱的表现，敢于面对困难是真正的勇者，能够舍弃拥有的财富和能够不断战胜自己完善自己的人，才是真正的强者。

104

所有的烦恼都是自己找的，所有的快乐也是自己找的。这一切都取决于你对待人生的态度。

105

感时花溅泪，那是诗人心中有泪。如果一个人心中充满欢乐，他眼前的花朵都会是美人的笑脸。

106

灵感是一群蜜蜂，只要蜂窝还在，它们就不会飞远。

107

男人如果没有个性，他就只能做女人的奴隶。

108

只要你心中充满欢乐，你就永远不会感到痛苦；只要你心中充满光明，你就永远不会感到黑暗；只要你自信自己年轻，你就永远不会感到衰老；只要你心中存有自信，你就永远不会自卑；只要你敢于面对挑战，你就会得到别人永远也得不到的机遇。

109

能战胜自己，就能够战胜一切困难；敢放弃快乐，人生就不会再有痛苦。

110

明代诗人王守仁有两句诗：莫道山中无供给，清风明月不用钱。这是隐者的恬淡，也是智者的睿智。

111

人生勿道无知己，花开花落总是情。你心中如有朋友，你自在朋友心中。

112

人前别装鬼，背后勿说人。

113

农民面前别说苦，农民面前别夸勤。农民在我们这个社会里，是最艰苦、最辛勤的一族，他们用双手用汗水养育着我们所有的人。他们是人类最孝顺的儿子，也是人类最伟大的母亲。

114

花开了还要谢，春来了还要走。人活着，总要故去。所以，千万别和别人作对，也别和自己较劲。互相友爱，才能团结；心里和谐，才是真正的和谐。

115

狗若狂吠，必定遭打；人若猖狂，必定遭祸。

116

雁不可离群，人不能索居。

117

心灵相通，自然默契，各揣心腹，必定貌合神离。

118

敢于直言，自是真友，阿谀奉迎，必有图谋。

119

善良可以征服邪恶，邪恶无法战胜善良。得道多助，失道寡助，善良者永远是人们拥戴的对象。

120

阳关大道，人声日繁。

121

要想征服别人，首先要征服自己；要想征服很多人，首先要征服身边的人。要想把大事做好，首先要把小事做好。

122

鱼如果也有定力，再香的饵料也休想引它上钩。人如果不贪便宜，就没人能诱他上当。一切缘于心性，一切缘于自己。

123

仁者不忧，智者不惑，勇者不惧。君子不忧，不惧；君子怀德，小人怀土；君子怀刑，小人怀惠；君子无恒产而有恒心，矜而不争，群而不党；君子和而不同，小人同而不和；君子周而不比，小人比而不周；君子坦荡荡，小人常戚戚；君子讷于言而敏于行；君子不器。这是孔子判定君子和小人的标准。

124

一个人可以有不堪回首的过去，但决不能再有不堪回首的未来。

125

橘生淮南则为橘；橘生淮北则为枳。苛求一个人的过去，不如看他的现在，更应注意到他的潜质和未来。

126

如果没有勇气面对丑小鸭，就永远也无法拥有白天鹅。

127

法律是不讲情感的，所以法律才永远公正。但是，法律又必须为讲情感的人所用，所以，法律有时也会让人感到不够公平。

128

老话说，人在江湖，身不由己。依我观察，人在官场也身不由己。作为个体，每个人都有自己的意志，可作为集体中的一员，往往都不能坚持自己的意志。个人的意志必须服从大局。

129

政治是理性的，政治亦是无情的。一个人一旦与政治结缘，他只能讲理性，不能讲感情。因而，在官场上只有盟友，没有朋友。如果能既做盟友又是朋友，那必定是同道，是真正的志同道合者，也必定会有比投身政治更高的追求。

130

狼披上羊皮，终归还是狼，可那张羊皮却让无数只羊，乃至其他动物上当。这不是狼的过错，狼就是凶狠残忍的，是狼就不可以像羊一样善良。这也不是羊的过错，羊相信自己的同类，它从不会想到吃亏上当。这就说明一个道理，好人之所以常为坏人所害，是坏人太阴险，他们常用善良来欺骗善良。可我还是要说，这也并不可怕。因为，狼的后面还有虎，有猎人，还有猎枪。

131

一个人如果让很多人说你好的时候，离你倒霉的时候就不太远了。那个也想让人说好的人必然会把你当成他的敌人，会想尽一切办法把你搞臭。但你不要在意，要相信这个世界上永远好人居多，坏人只能在一定时期有市场。一旦他的伎俩被人识破，他也会同样遭殃。

132

世界上最可怕的不是罪恶滔天的人，因为他的恶所有人都可以看见。最可怕的是那些貌似善良、正直、憨厚，却心怀不轨、暗中使坏的人，他让你防不胜防。他会让所有人上当，让所有人遭殃。

133

认识一件事情需要过程，认识一个人也需要过程。他的言辞他的行动会对他的人格做出无声的评定。

134

在这个世界上，用处最多的是一个"争"字。做官的人争权，经商的人争利，文人墨客没什么可争就争名。女人、孩子在男人和大人面前争宠。

135

痛苦来自于自身的矛盾。

136

权力的增加和地位的变化可以使一个人自己背叛自己，不仅与世俗同流合污，且可能推波助澜。

137

人有了权力，就会增加贪欲，就会与同样拥有权力的人去比，就会产生种种不平，就会千方百计朝着自己所不齿的方向去努力。

138

其实人生在世，粗茶淡饭即可，革履布衣即可，为什么非要山珍海味，革履华服？

139

钱是好东西，钱也是坏东西，成也萧何，败也萧何，都说君子爱财取之有道，何道也？商家有商家的道，官家有官家的道，道不合不相为谋，道不合财不可取，如此是没了君子，还是君子就没了钱？

140

上级是下级的榜样，大人是孩子的镜子。"其身正，不令而行；其身不正，虽令不从。"这是古人的经验，也是敲给现代人的警钟。

141

古人习惯于问道，现在却很少能有人主动去请教别人。不行装行，不懂装懂，滥竽不仅要充数，而且还要充当领衔。这是一个时代的悲哀，而不是某一个人的悲哀。

142

南方人爱讲空谈误国，实干兴邦。北方人也不是不懂这个道理，但就是实干的人少。不论男人女人，贵人贱人，凡事总要讲究一个排场。宁可在一个岗位上开不出工资，也不肯屈就去干不体面但赚钱多的行当。靠山吃山，靠水吃水，但就是很少有人想到依靠自己。

永远的太阳

太阳是世界的眼睛。

太阳是宇宙的心脏。

它从阿波罗的神话中走来，它是爱与力的化身。它高高举起朝霞的旗帜，它给每一种生命都带来缤纷的色彩。没有任何一种生命不承受它的恩泽，没有任何一种生命不承受它的爱。它给你光明，给你温暖，给你智慧，给你力量。它照耀你一天天长大，照耀你一天天成熟。

它每天都燃烧着自己，可从不求什么报答。它把全部生命都无私地奉献给世界，可从不自誉自夸。它对待每一种生命都像对待自己，不论你是参天大树，还是低矮的小草；它有博大的胸怀，整个宇宙都在它的怀抱。

它不知道什么叫作索取，在它的意念中只有万物的需要；它不知道什么叫斤斤计较，只要为光明而战，生命就永远燃烧；它不知道什么叫牢骚抱怨，心中装着世界，永远快乐，永远美好；它不知道什么叫愤愤不平，想干就干，雷厉风行，秉持公道。

燃烧，燃烧，永远燃烧，这是它的理想；

向上，向上，永远向上，这是它的追求。

它从不向敌人妥协，每天都和黑暗战斗；它从不向困难低头，就是在最寒冷的日子，它也要顶风冒雪，在自己的路上走。它从不在乎你是赞扬还是诅咒，它的心中只有一个念头，那就是让世界永远明亮，让每一片土地都变成绿洲。

它有时像一位严厉的父亲。它的目光咄咄逼人，它望着你，会令你颤栗。它不允许任何一种生命走向邪恶，它永远疾恶如仇。

它有时像一位慈爱的母亲。当你的心灵受到伤害，当你的头低下去抬不起来，它会来安抚你，用它那温热柔软的手指弹落你的痛苦和悲哀。让你重新站立起来，走上希望的路，去寻找欢乐，去播种幸福。

这就是太阳，这就是人类的救星。

不要说它一无所有，它拥有整个世界；

不要说它占有一切，它两手总是空空。

有和无永远对立。无和有永远统一。万事万物都从无到有，又从有到无，唯有它永远存在。

爱，永恒。

生命永恒。

太阳永远也不会老。

当时间成为历史，它还将依然年轻。

太阳永远也不会改变颜色，

每个早晨都将火红火红。

这里我想提出另一个问题，如果没有太阳这世界将会怎样？你也许会说，这不可能。但是，我们不要忘了，史前的世界曾是一片混沌，有了太阳，冰川才化为大海；有了太阳，宇宙才有了光明。

你每天都承受它的恩泽，也许就忘记了它的存在；它每天给你光热，你也许就认为这理所当然。但我要说，错了，错了。它爱我们，也需要我们爱它。爱，就要燃烧自己，为它创造，为它追求。

往往幸福的时候便忘记了痛苦，

而在痛苦中挣扎才渴望幸福。

别忘了是谁为我们击碎黑暗，

别忘了是谁为我们将寒流驱逐，

是它，是太阳，太阳，希望你时时刻刻都能记住。

往往想永恒的未必永恒，

生存有时只是一种过程。

关键是奉献你的爱，

关键是奉献你的真诚。

要学，就学一学太阳，把快乐建立在万事万物的幸福中。

在太阳的节日里，我愿以我的血为它作歌，愿用我的生命为它演唱。尽管我不是称职的歌手，也不是出色的诗人。可我有一腔热血，我要歌唱它伟大的灵魂。

我是一棵小草，曾因它绿得疯狂，绿得傲慢；

我是一棵小树，曾因它长得挺拔，长得昂扬。

我曾发誓，我要做它的土地，左臂流淌黄河，右臂流淌长江；

我曾发誓，我要做它的山脉，横着做大地的脊梁，竖起做蓝天的屏障。可惜我只是一块石头，一粒泥土，那么就让我为它的大厦奠基，为它的草木添香。

啊，太阳，永远的太阳！

奖掖的力量

　　世界著名钢琴家安多尔·福尔德斯写过一篇短文叫《贝多芬的吻》。他说他在西德给一批年轻的钢琴家上课时发现，他如果在某个学生的背上轻拍一下，这个学生的表现就会变得非常出色，如果当着全体对其演奏予以赞扬，那他的演奏就会马上超越原有的水平。他还说他本人的成就得益于贝多芬传下的一吻。在他16岁的时候，由于音乐教师的分歧，使他处在一种辍学的危机之中，这时，著名钢琴家李斯特的学生冯·萨尔来到布达佩斯，听了他的演奏之后，在他的额头上亲了一下，并说这是李斯特传给他的，而李斯特是传自贝多芬，总之要传给在音乐上最有希望的人。福尔德斯在文中写道："在我的一生中没有别的什么可以比得上冯·萨尔的赞扬，贝多芬的吻神奇地把我从危机中解脱出来，帮助我成为今天这样的钢琴家。"

这篇短文使我想起一些往事，这些往事大抵与表扬和奖掖有关。在山里的时候，我有七八个十分要好的小伙伴儿，其中彪子是最精明也最淘气的一个。他曾把毛毛虫放到女孩子的文具盒里，制造课堂骚乱，也曾在洗澡时候藏起老师的裤子，让几十岁的大男人在女人们来河边洗衣服时出丑。彪子的父母因此事去向老师赔礼道歉，彪子也因此鼻青脸破肿着屁股在我家里躲了三天。也许你会以为彪子经过这一次教训会有什么改变，错了，半月后老师家的酱缸出了窟窿。更让人哭笑不得的是，无论老师怎么防备，也逃不脱他的恶作剧，且又无法抓住他的把柄。老师惹他不起，第二学期调了工作。可后来彪子却神奇地变了，这得益于那位从城里来的女老师。听说她是因为离婚才自愿到这山沟里来。她长得虽不漂亮却很讨人喜欢。山里的娃儿都不懂得干净，她在给我们讲卫生常识时就和我们一起把"耕小"的石屋收拾得干干净净，然后还拿来我们从来未见过的香皂给大家洗手。彪子淘气，但彪子是干活儿的能手，第一次劳动之后就得到这位老师的表扬。那一刻彪子的表情特别庄严，紧绷着脸儿，睁大着眼睛，怯怯的样子，尤有受宠若惊的感觉。那以后彪子几乎成了全班的榜样，劳动带头，关心班级，团结同学，尊敬教师，热爱学习。村子里的大人们更是对他刮目相看，教育孩子总要说句："你看人彪子！"彪子的父母也从此脸上总是笑笑的。彪子后来果真有了出息，现在已是很有名气的诗人。我前年见他还说起当年的事儿，他说："若没有那位女老师的表扬，我也许会成为世界上最坏的孩子。"

其实，我们每个人也都有过同样的经历。我上中学之前对画画和写字并没有特殊的兴趣，那时在山里上的是耕小，一个老师，一间教室，除了语文算术以外，开什么课都随老师的意。他喜欢唱歌，就上音乐，他喜欢画画，就上美术。可惜我的几位先生除那位女老师外，几乎都与这两样无缘，故而除语文算术外我们上的最多的就是体育课，说是上课实则放羊，只要不出乱子，愿意怎的就怎的。后来母亲去世，父亲把我带到山外，这才算上了正规学校。所以，上中学时，除了语文算术以外几乎什么都不知晓。我学画画，是因为上物理课时，原本是美专毕业的老师夸我图画得漂亮，才萌发了这一兴趣，后来这位老师推荐我去了学校的板报组，专门负责画各种插图。我学写字，也是受了老师的奖掖。那是一次作业展览，老师把本写字不整的我列入了表奖名单，原因是"有所改进"，不想这一支一角钱的圆珠笔竟改变了我的习惯。后来几年，次次作业认真，而且还开始临帖习字。当然，由于天赋不足，于这两项，我都没能取得什么成绩，根本不值夸耀，但靠这一努力，却改变了我的人生。中学毕业，缘于这算不了什么的"特长"，我被破例招进工厂，改变了家中祖祖辈辈为农的历史。我与文字，抑或文学结缘更是如此。那是上中学二年级的时候，一位从师范来实习的老师第一次在课堂上读了我的作文，并评说如何如何好，当男男女女的眼睛转向一向于作文默默无闻的我时，一种不可名状的感觉油然而生。那一刻的感觉和后来发表第一篇作品的感觉一样，浮想联翩，夜不能寐。那之后，自然是刻苦读书，努力练笔，直到今天不敢松懈。

现在想来，奖掖表扬和人生确有很大的关系。可我们有些父母有些教师告别了童年就忘记了这一点，他们不知道孩子们需要表扬，需要用一种廉价的肯定对其心灵进行抚慰，而常常是批评和指责，不仅伤害了孩子的自尊，也会影响孩子的前程。我们的领导、同志、丈夫或者妻子，也时常忽略这点，对下属、对同事、对妻子、对丈夫常常挑剔、挖苦。难道我们就不能改变一下方式，多说几句表扬赞美的话吗？要记住，赞美的语言，有时就像阳光，可以把原本黑暗的角落照亮，有时又像雨滴，可以让善良的嫩芽茁壮成长。有一位篮球教练，在他的队伍输了球之后安慰大家说："虽然输了，但是输得悲壮！"听了这话，谁还再敢怠慢，下一场自然要使出更多的力气。看来，我们每个人都应学会赞扬，就像贝多芬、李斯特、冯·萨尔、福尔德斯和我的那位老师那样。

偶　　像

　　大体人从孩提时起，就都有自己崇拜的对象。或是身边的某位长者、同辈，或是故事中的某个人物。小时候我只知道把这些实在的或是虚无的人物当作榜样来学，却不知为什么要学，直到学会读书写字有了文化，才知道这就叫偶像。

　　我小的时候，最崇拜的人物是我的父亲。他不是有权有势的干部，也不是满腹经纶的文化人，他是山沟里一个地地道道的农民。他不仅有着中国农民勤劳、善良、朴实的一般品质，更有北方山里人特有的憨直、勇敢和彪悍。他曾赤手擒获一头黑熊，他可以肩扛两百斤的麻袋行走如飞，他最拿手的绝活就是驯马，哪怕是刚从蒙古草原买来的野马，在他鞭下也会服服帖帖。那时，我最羡慕的就是他骑在马上奔驰而去的威风。所以，在一个炎热的中午，我也偷偷地爬上他刚驯服的马背，可那马只认父不识子，如果不是摔在一片草丛里，我可能早丢了性命，无法写这篇文章了。

后来，我们家从黑龙江省的大山里搬到我父亲的老家——梨树。我也从一个顽童成了一个小学生。这时，我的一位堂叔成了我的偶像。他是我们那个村子的骄傲，更是我们这个家族的骄傲。他上过哈工大，工作在军工厂，他的名字常挂在老辈人的嘴上，他是我们全村孩子学习的榜样。我曾暗下决心，一定好好学习，长大后像他一样上大学，当大官，让全村的孩子也把咱当榜样。

及至上了中学，从历史课上知道了岳飞。他那"壮志饥餐胡虏肉，笑谈渴饮匈奴血"的豪迈气概使我激动不已，对这位民族英雄产生了无限的敬意。那时，我曾和我的朋友们立志从军，要做一名光荣的人民解放军战士。当时我们的边防部队正在珍宝岛和前苏联军队激战，我们决心要到前线去，像岳飞当年抗击金兵那样，为守卫国门建功立业。当然，这只是一种愿望。后来那场战斗结束了，我们也离开了学校开始了新的人生旅途。我没有去当兵，但却留下了一个想当军人的梦。

当我和文学结下不解之缘后，鲁迅先生成了我新的偶像。他是一位了不起的文学家，毛泽东还称赞他是伟大的思想家和革命家。他本来可以成为一个出色的医生，可当他在日本从电影中看到中国民众受到外族侵略者凌辱的镜头后，决定弃医从文，要用文章唤醒民众。他写诗歌，写散文，写小说，写得最出色的是杂文。他把他的杂文当作投枪和匕首向旧世界投去，向恶势力投去，向一切反动派投去。那一个时期，我翻遍了能看到的鲁迅先生的所有作品，并立下"誓言"要成为当代的鲁迅。自然，这也是一种梦想，但它却激励我直到现在，抑或将来也永远不会放下这支笔。

我觉得人在不同的时期，可以有不同的偶像，而且这些偶像会在人的一生中起到不同的作用。我崇拜父亲，他教会我正直、坚忍和勇敢，在困难面前不屈不挠；我崇拜堂叔，他让我懂得了好好学习的重要；我崇拜岳飞，他教会我如何捍卫民族和国家的尊严；我崇拜鲁迅，他使我知道了一个文化人的责任，醒世救民，疾恶如仇。也许将来我还会有新的偶像，但这些偶像却将永远活在我的心中。

鼓起你的勇气

一个人在困境中最需要的就是鼓起勇气。没有勇气就无法面对严酷的现实，没有勇气就没有战胜困难的决心和信心。在这种时刻，勇气就是力量，勇气就是希望。

我在乡下的时候，看见过一次猎狗追野兔。那是四五月份，青草刚刚没脚，我跟着父亲去草甸子放马，这时便看见一条狗在追捕一只兔子。狗很大，兔子很小。就在狗将要捉到兔子的时候，前面出现了条丈八宽的小河，兔子很勇敢，它凌空一跃便到了河的对岸，狗却没有这种勇气，它追到河边踅了一圈便停了下来，只好隔岸兴叹了。

我当时对那只兔子的获救很是感动，也对它在那紧要的瞬间勇敢的一跃表示无限的敬佩。被追捕是一种危险，一水在前那是更大的危险。它能凌空一跃，那需要多大的勇气啊！一只胆小的兔能有如此的壮举，那么我们这些万物之灵的人又当如何呢?

我去黄山游览,给我留下印象最深的并不是那举世赞叹的怪石、奇松、云海、温泉。最令我钦羡的倒是那些长在悬崖峭壁上的小树。它们的根在石壁上裸露着,它的枝干承受着天风的袭动。在海拔1800多米的高处,在只有些微尘土的石壁上,它们顽强地生存着,尽管形体已被扭曲,但生存欲望仍然旺盛。它们以它们弱小的躯体与自然进行着抗争,与命运进行着抗争。它们向我们展示了一种巨大的勇气。

我还观察过压在巨石下的小草。石头的重压与草的纤弱可以说是鲜明的对比。但那些草每当春天到来的时候,都从巨石下面探出头来,来谛听风的絮语、雨的吟唱,它们虽不能力举千钧,但它们有求生的欲望,有生存的勇气。所以,它们不惜千辛万苦来寻找做出壮举的缝隙。

因此,我常常这样鼓励自己,你还不如一只兔子吗?你还不如一棵悬崖上的小树吗?你还不如一棵巨石下的小草吗?自策之后,我就会感到胸在渐渐地鼓涨,头在渐渐地高昂,本来很困难的境况似乎忽然好了起来。我知道这是精神使然,是勇气在起作用。

勇气,战胜困难的法宝。

勇气,走向成功的动力。

生命本身就是美丽的

我曾经说过，生命是一粒种子，只有春天撒进泥土里，它才会发芽、生根、成长、开花直至结果。这需要一个十分漫长的过程。在这个过程中，任何一个环节上出了问题，这粒种子都会失去它存在的意义。

因此，生命对于每一个人，抑或每一种动物或植物都是十分宝贵的。因为生命只有一次，上帝绝不给我们第二次机会。错过了今天就不再拥有今天，错过了这个春天就得等到下一个春天。这是一个极普通也极深奥的道理，连我一生中只种过地的父亲也懂。他说：孩子，好好地活着，命金贵着哩，就像种子，你误它一天，它就会误你一年。对人来说就是一辈子。

生命诚然可贵，但并不是每一个生命都有价值。生作一棵参天大树，站在山中或是原野，可以为这个世界遮风挡雨，可以支撑起湛蓝的天空。但如果生作一只虫子呢？它寄生在泥土里，寄生在动物的身上或植物的身上，它有什么价值？所以，生命不能选择，生命的方式却一定要选择。做一棵树，一棵植物，一个动物，但绝不可做一只虫子。

生命的价值并不在于时间的长短，这是昙花和流星给我们的启示。昙花一现，开了也便落了，可它在这短暂的过程中把美丽和芳香都留给了世界。流星也是一样，它陨落了，陨落是一种悲哀，但它在陨落的瞬间给黑夜留下了光明，谁又能说这不是一种伟大？

生命本身就是美丽的。在生命的过程中并不在于是否有过辉煌。草，一生都在默默无闻地挣扎着。时而被牛羊践踏，时而被野火焚烧，可它们还是在春天里发芽，在秋天里结籽。这种顽强是任何一种生命都无法比拟的。还有那些沙漠中的植物，比如沙棘、红柳、骆驼草等等，它们一生都不曾有过任何荣耀，可我认为它们的生命都是值得赞美的。我还要说，生命并不在于是否有过辉煌，它只在于是否做出最大的努力，时刻都奋发向上。

生命是一条河，它需要溪流的补充和滋养。

生命是一棵树，它需要空气、水和阳光。

作为人类，特别是当我们年轻的时候，热爱生命，就必须努力实现生命的价值，在生活中吸取养分，在奋发中积蓄力量。这样才无负于自己，才无愧于人生。

切记：浪费时光就是糟蹋生命，抓紧一切时间去做好你该做的事情，生命就会在另一种意义上得到成倍的增长。

母　亲

世上最亲近的人就是母亲，母亲给我们生命，给我们爱，给予世界上她能给我们的一切东西。从生命的孕育，到成长，一直到我们老去，她就像一把巨大的伞，始终罩在我们的头上，给我们一片宁静而晴朗的天空。

我们的生命被她神圣的浓浓的爱的光环所环绕。无论你是一棵小草还是一棵大树，只要你还在这个世界上存在，就永远承受着她的灵光。你幸福的时候，她与你一同分享幸福，你痛苦的时候，她为你抚平心灵的创伤。你孤立无援的时候，她总会和你站在一起，你遭受侵害的时候，她会为你挺起胸膛。

母亲是我们生命的摇篮，母亲是我们灵魂的避难所。在寒冷中你叫一声母亲，心中会感受到无限的温暖；饥渴的时候叫一声母亲，你会体味到生活的甘甜。母亲总会在你最艰难的时候出现在你的梦里，是你可以依靠的树，是你可以藏身的家。

母亲给予我们的总是很多，我们回报的总是很少。可母亲从不会抱怨，她把奉献视为她的天职，视为她生命中的必须。如天上的太阳和地上的河流，她普照万物滋润万物，但从不需要回报。

母亲是伟大的，她的无私是一面神奇的镜子，照彻我们的心灵，校正我们的人生。我们穿着她亲手缝制的衣服，无论遇到多大的严寒都能顶得住；我们穿着她亲手缝制的鞋子，什么样的道路都能够征服。

在我们离开母亲或母亲离开我们的时候，母亲已经不仅是母亲的概念——

离开家乡，家乡就是母亲；离开祖国，祖国就是母亲。身在异乡，母亲是心中的太阳；身在异国，祖国是心中的太阳。故乡、祖国、母亲她们有时就变成了相同的字眼儿，听起来都是很亲很亲。所以，一位朋友说，一个人离开家，就像一只风筝，不管飞得多高，那条线总是攥在母亲的手里。

人生随想

1

一个人的脚步再大，也永远无法丈量完脚下的道路。人生有限，道路无限，要想在有限的生命中多走一程，就时刻别停下脚步，别浪费分秒时间。

2

一个人如果心中时刻能够想着别人，别人也一定会时刻想着你。多替别人着想，就等于给自己铺设一条道路。你付出的越多，你得到的也会越多，这就叫作感情投资或感情积累。

3

小人的眼睛里没有君子，君子的眼睛却可以识破小人。

4

一个人最大的痛苦，莫过于被圈在自己设定的圈子里出不来。就像一只蚕，丝吐得越多，对自己捆绑得越紧，直到最后完全把自己包上，想出也出不来。

5

一个生命完结，另一个生命诞生，世界就是在这种循环中得到永恒。用不着为死去的过于悲哀，也用不着为新生的过分高兴。生命都是一种相同的过程，关键在于能否使它辉煌。如果一个人能活得无愧无悔，坦坦荡荡，虽未轰轰烈烈，但这仍可算作是伟大的一生。

6

屈原说："路漫漫其修远兮，吾将上下而求索。"这种精神可贵，但在现实之中却很少有人能这样执着了。如果有人能够做到，他一定会是最成功的人。

7

父母给我们生命，生活给我们智慧。智慧产生于社会实践，这是千真万确的真理。因此，不仅要珍惜生命，珍视生活，更要重视社会实践。不经历风雨就无法见到彩虹，没有实践就无法得到智慧。

8

"小盗欺人，大盗欺世。宁为枭雄，不做贼子。"英雄自有英雄的风骨，英雄自有英雄的胸怀。作为常人，我们只能望而生羡，绝不可东施效颦。那样，人们会把你当成疯子。

9

积水成渊，积土成山。不积跬步无以至千里，做事万不可心急，必须从一点一滴做起，必须从每一件小事做起。现在的人常是小事不做，大事做不来，到头来空活一场，空耗一生。

10

水涨船高，勿怕他人强于己；水落石出，别羡乌云压枝低。

11

李叔同先生云：才不可以展尽，话不可以说尽，事不可以做尽。此乃至理名言。古语说：出头椽子先烂，说的便是这个道理。这不仅是警示人们要学会保护自己，更是教人做事要留有余地，留一分天高地阔，退一步海阔天空。

12

鸟在天上飞，鱼在水中游，你有你的天空，我有我的领地。人们如果都能懂得这个道理，何必要相互之间为一点点芝麻小事斤斤计较，有时甚至打得头破血流。

13

太阳从东方升起，又在西方落下，这是谁也无法改变的现实。人定胜天是人类的一种美好愿望，自然的规律谁也无法抗拒。花开花落，树枯树荣，是时序更迭的外现，也是自然伟力的象征。因此，我们只能尊重规律，尊重现实，绝不可企望依靠幻想来改变现实中的一切。

14

江湖术士能够预卜别人的未来，却无法知道自己的命运。不然，他们为什么要靠算命维生，而且不知明日身在何处呢?

15

行万里路，读万卷书，山水可以读懂，人生却不容易悟通。解读山水靠的是知识与灵性，感悟人生却要付出沉重的代价。不经历磨难的人悟不懂人生，没有思想的人悟不懂人生，不懂得爱与恨的人也悟不懂人生。人生是一部蕴含无限奥秘的巨著，只有肯为之奉献艰辛且无怨无悔的人才能读懂。

16

高明的棋手必须是走一步看三步，动一子而观全盘，否则绝无取胜的可能。人生也一样，只看到眼前利益的人，没有长远打算的人，永远也不会有圆满的人生。

17

乐于鸣叫的鸟最容易招祸，不善狂吠的狗最容易伤人，越是成熟的谷穗越要低头，不结果的花往往开得特别艳丽。

18

种子因为幻想飞翔，所以总会在春天伸出一对绿色的翅膀。石头总安于现状，因此总也改变不了形象。人与物一样，如果没有欲望的推动，不思进取，就永远不会进步。

19

微笑是一枝奇异的花朵，绽放时总会给人一种温馨。没有微笑的生活，就如同没有窗子的暗室，可以让人窒息。

20

其实，每个人都有自己的信仰，不管这种信仰是什么。如果一旦这种信仰失去，他就像迷途的羔羊，没有了前进的目标。

21

自己欺骗自己，往往是为了得到一种满足或是解脱。自己恐吓自己，却常常是因为心中有鬼。有句古语叫不做亏心事不怕鬼敲门。心中无愧，你何怕之有？

22

以责人之心责己，以爱己之心爱人，这就是古人说的君子。可惜，现在这样的人实在是太少了。

23

古语说：大河有水小河满，大河无水小河干。其实倒过来才对：没有小河的日积月累，就没有大河的浩浩荡荡；没有大河的浩浩荡荡，就没有大海的一片汪洋。

24

水与火是人类共同的朋友，但水火之间却是永远的敌人。所以，做人交友绝不可极端。你的朋友不一定是我的朋友，你的敌人不一定是我的敌人。水至清则无鱼，人至察则无友。如果你要求以友之敌为敌，以友之友为友，那恐怕在这世界上连一个真正的朋友都无法找到了。

25

男孩子的潇洒是献给女孩子的花环；女孩子的美丽是套住男孩子的绳索。

26

敢于流血的女子多是英雄；愿意流泪的男人多是懦夫。

27

没有经历过黑暗的人，绝不会知道阳光的可贵。亲口尝过黄连和苦胆的人，才懂得蔗糖和蜂蜜的甘甜。

28

在昙花前驻足，你会感受到时光的可贵。有时生命并不在于漫长，只要曾经拥有，瞬间便是永恒。生命因为短暂，就更要倍加珍惜。

29

种子在发芽的时候离不开泥土，种子变成花朵的时候就忘记了泥土，但泥土并不在意，它总是默默不语。它知道总有一天你还要融入泥土。

30

山到极顶，路就到了尽头。草总是在枯萎之后孕育新生。

31

山再高，总有蓝天在上，水再深，总有沙石为底。

32

在这个世界上最好的选择是做一块石头，无论什么时候，在什么地方都可以保持沉默。

33

在大树下面可以躲避风雨，但也永远别想得到阳光。

34

花朵美丽，但随时都有被折的危险。叶子普通，却可保持一生的平安。

35

酒可以让人兴奋，也可以让人昏迷，关键在于量的多少。

36

酒不醉人人自醉，酒品即是人品，酒德即是人德。

37

梅花敢于傲霜斗雪，是因为梅树有铮铮铁骨。人们赞美梅花时，首先应该赞美梅树。没有梅树的坚强，哪有梅花的美丽与芬芳。

38

谁能把握住机遇，谁就能把握住自己的命运。

39

树是一种风景；

花是一种风景；

云是一种风景；

月是一种风景。

但是，如果没有人去欣赏它们，它们的存在还会有什么意义吗？

世间的一切都是一个道理，那就是每一个个体都必须与另一个个体相互依存，相互关照，一旦失去了对方的关照，它就失去了存在的价值。

40

失去天空之后，鸟就不再是鸟，它只是一个长着翅膀的生命。没有自由就没有快乐。

41

越是难于得到的东西越想得到，一旦得到了，便失去了它的魅力。

42

人在困倦的时候，就应该去睡觉，如果连做梦的机会都失去了，将变得一无所有。

43

恶劣的环境可以磨炼人的意志。经历过风霜的树，木质都十分坚硬。经历过风雨的花，开得都十分娇艳。

44

苦难有时也是一种财富，它能让人清醒，让人坚强。

45

无论你是什么样的人，只要你能够忘记自我，心怀大家，你的生命就获得了一次超越。

46

人格的培养比才能的增长更重要。优秀的人格可以产生无限的力量。

47

没有健康的心灵，就不会有良好的行为。言为心声，行动也是心灵的再现。

48

意志需要磨炼。不经风雨的树木永难成材；没有百折不回的意志，小溪永远也流不进大河；没有千锤百炼铁就不会成钢；不经严寒梅花就不会绽放。

49

有句成语叫树倒猢狲散。这是树的悲哀，同时更是猴子的悲哀。因为树只失去了一群乌合之众，而猴子却失去赖以生存的家园。

50

时间如同流水，可以将一切冲淡，但却无法抚平心灵上的创伤。悲莫大于心死，伤莫大于心伤。为了自己，也为了别人，人必须好好活着，何必总自己与自己过不去。

51

草虽瘦弱，但可以独自挺立，藤虽硕壮，却只能攀附别人以求生存。宁做小草，生生灭灭，川流不息；不做青藤，攀高结贵，失去品格。

52

海纳百川它才成为海，如果没有成千上万的溪流，它也一样会干涸。人决不可以自轻自贱，天生我才必有用，哪怕就是一条小溪，在大海中自有你的位置。

53

一只鸟在天空中飞，一条鱼在大海中游，它们在各自的领域都获得了自由。但是，如果让鸟飞进水底，让鱼游上天空，它们还会感受到幸福吗?

54

真正的路应该是无形的，它只在勇敢者的脚下。路一旦成为真正有形的路，就变成了一种羁绊，让脚屈从。

55

小树长成大树需要一种过程，蓓蕾变成花朵也需要一种过程。无论做什么事情都需要有一种耐心，耐心是获得成功的重要保障。

56

一个普通的人死了，就像一株小草被一阵风刮走了一样，没有人为他惋惜。一个伟人谢世，就如一座高山崩裂，整个世界都为之震惊，为之哀痛。平凡与伟大不在于自身，而在于世俗的眼睛。

57

一头健壮的老牛拉着板车走在路上，一头小牛跟在后面想："我要像它一样健壮多好。"老牛看着后面的小牛，也在想："我要是像它一样悠闲多好。"

58

当鞋子合脚时，人们往往就忘记了它的存在。当鞋子挤脚时，人们就开始抱怨鞋子。鞋子总是驻足不语，它心中是否也充满委屈？

59

一张白纸放在桌子上，诗人看到的是一首诗，画家看到的是一幅画，而我作为普通人，看到的只是一张纸。

60

飞得最慢的鸟，往往飞得最远。

61

古语说：失败是成功之母。但我感觉，只有能够在失败中汲取教训的人才有成功的可能，否则失败者的下场永远是失败。

62

一个人如果连廉耻都不顾的时候，他就什么事情都可能做得出来。

63

痛苦并不是产生于外部，而是产生于我们的内心。

64

石头是坚硬的，但水滴可以将其洞穿；
雪是冰冷的，但阳光可以将其融化。

中国有句古语，叫柔弱胜刚强，说的就是这个道理。

65

没有死亡就没有新生，
只有痴者才祈求永恒。

66

懂得尊重规律的人是智者。
试图欺骗自然的人是愚夫。

67

成功与失败，一个是偶然，一个是必然。因此，一个不
必骄傲，一个不必悲伤。

68

为几个小钱斤斤计较的男女，绝不会有真正的感情。爱
情一旦粘上铜臭将变得一文不值。

69

所谓上帝，是害怕心灵孤独的人们为自己创造的——威严又慈善的伙伴，却万没想到，被别有用心的人当成了控制善良人灵魂的工具。

70

所谓天堂，只不过是人们为自己灵魂修造的一个避难所，企图逃避人间的一切苦难。所以，在遭受苦难的时候，总是思恋着天堂；在高兴快乐的时候，就忘记了天堂。

71

有时候我想：人实在是一种十分奇怪的动物，渴望自由却要制定法律来束缚自己；追求幸福却要制造苦难（比如战争）来折磨别人。为什么不能像草一样，生也自在，灭也自在，枯荣有序，共守和平呢?

72

超越别人需要的是能力。超越自己需要的是勇气。

73

读书不一定能使庸人成为天才，但天才如果不肯读书却可能变成庸人。即使不为庸人，也绝不会完全发挥出他的内在潜能。

74

感情一旦与金钱或者利益连在一起，就会立刻贬值。

75

越是美丽的花朵，越是有被人摘掉的危险。

76

善于吹牛的人，往往都是心中缺少自信。

77

有学问的人，多数戴着眼镜。但是，戴着眼镜的人不一定都有学问。

78

当一个人真的从内心中喜欢或者敬重一个人的时候，他的缺点也变成了优点。就像蚌中含沙，它就成了珍珠；就像玉石生斑，它就成了彩绘。

79

风再狂暴也无法将阳光刮走，雨再凶猛也不能将天空冲破。

80

棋手本身也是一只棋子，被一只无形的手挪来挪去。

81

想抛弃世界的人，却被世界所抛弃。想占有世界的人，到头来竟无立足之地。

82

睁开眼睛，天很大，人很小。闭上眼睛，人很大，天很小。

83

能让时钟停摆，却无法让时间停步。白天有太阳驾车，夜晚有星光照路。

84

一棵树长在院子里，昨天那个人还赞美它是风景，今天还是那个人，却要把它砍掉。它想，人心真是难测。直到倒下它也无法弄清因为什么。

85

人心是一杆秤，可称别人时多，称自己时少。

86

屠夫洗手不干了。猪心里想："看来我有救了。"刀却很失望："看来我失业了。"

87

爱照镜子的人并非喜欢镜子。镜子不明白这个道理，所以，它很得意。

88

只有草的地方，是草支撑着天。到了有树的地方，便是树支撑着天。

89

嫉妒就是将自己放到亲手点燃的火堆上烧灼。

90

一堆火燃烧着，以为这样可以毁灭整个世界，可最后自己成了灰烬，世界却平静依然。

91

打不垮的对手，是自己臆造出来的敌人，只要你一天不改变自己，他就永远与你誓不两立。

92

最愚蠢的事儿，是自己为自己设置障碍。

93

走到河边知道找船的人是智者。
坐在岸上盼水流干的人是傻瓜。

94

当一个人在饥渴中挣扎的时候，你教会他寻找粮食和水的本领，比提供物资帮助更为重要。前者可解一生之苦，后者却只能救一时之急。

95

一日不可无事，闲来则无事生非；
一生不可无志，无志则碌碌无为。

96

学会宽容，世界会变得更为广阔；

忘却计较，人生才能永远快乐。

97

挫折可以使人反思，也伤了人的锐气。在挫折后重新站起来的将成为勇士，一蹶不振者即为懦夫。

98

对于真正的男儿，有时事业比生命更为重要。没了生命便没了痛苦，而没了事业就如同在苦海中煎熬。

99

以虚荣为盾，往往不攻自破。

100

时间的数量对于每个人都是相等的，时间的价值对于每个人来说却是不等的。利用最少的时间创造出最高的价值就等于延长了生命。

101

知错即改不为错；

将错就错为大错；

一错再错为特错。

102

人不能只为自己活着，只为自己活着的人永远也找不到
幸福和快乐。

103

自私的人就像自缚的蚕，一生都要囚于痛苦的茧中。

104

寂寞的时候，有本心爱的书在手，你的心就不会空落
了。你会走进另一个世界，那里有一个人或几个人在等你。
他们都是真诚的，他们不会欺骗，他们都会成为你的朋友，
并和你娓娓交谈。这时，也只有这时你才会抛却那些烦恼，
抛却那些纠缠，你才能恢复那个不戴面具的本我，和他们一
同享受快乐……

105

如果忘记了土地，就意味着背叛。叶子虽然从山里飘出，但最终还是要化为泥土归还大地，因为它知道谁给了它短暂的生命，更忘不了哪里扎着它的根……

106

世间确乎从来就不存在什么欺骗，要说欺骗，便是你自己欺骗了自己。眼睛是没有思想的，只有心常为利欲所动。如果心也能像眼睛一样透明，又有什么可以蒙骗了它呢？小心是千真万确的，但不是要小心别人，小心的应该是你自己。

107

人生不过几十年的光景，当你行至某一处，或因为劳累，或因为什么别的原因停下来，当你猛地回过头去，在那条来路上你能看清哪一行是你的脚印吗？它留给你的是喜悦和满足，还是痛苦和焦虑呢？几十年，对于生命也许并不算短，可对于历史呢？不仅仅是一个瞬间吗？当你再返过身来，面对遥远的目标，你不觉得来日无多需要加快脚步吗？

108

时间的胶片留下了昨天的影子，智者以"历史"为之命名。于是，这历史便成了一面魔镜，人们疯狂地到它的对面去寻找自己。它永远深不可测，以其无形的力量令善良者更加善良，令邪恶者更加邪恶。

109

经过良久的思索，我似乎有了这样的感觉，我需要的不是他们的给予，也不是他们的宠爱和殷勤，我需要的是一种缥缈的境界，像太阳涂在雪地上的暖色，像野花洒给幽谷的清香，像溪流留给春天的余韵，像天空飘过的那朵云彩。

110

标榜真诚者，往往未必真诚；标榜正直者，往往未必正直。石头真诚，石头默默不语；松柏正直，松柏无声挺立。真诚与正直无须表白，力量只可在进行中展示。

111

整天用眼睛盯着别人的人，往往比别人活得更累。你有你处事的标尺，我有我做人的准则，何苦非得用你的尺子去丈量人家？世界上的许多事情本来就无对无错，对错的标准都是人们从其主观愿望出发而做出的规定。

112

江山易改，本性难移。一个人试图去改变另一个人，往往都是徒劳的。你的努力只不过是在一种特定的情况下对其产生着一定的影响，其作用总是微乎其微。所以，凡是有人群的地方就要有许多规矩，诸如法律、法规、条例、制度等等，以此来规范人们的行为。

113

没有文化的人总要附庸风雅；真有文化的人从不避俚俗。

114

不敢面对现实的人，永远也不会成为生活中的强者。松柏常青，松柏从不回避雪雨；山峰伟岸，山峰从不屈服风雷。要想成为强者，必须正视现实，正视自己，知彼知己，百战不殆。

115

鸟被关在笼子里的时候，只有敢于流血，才有重新获得自由的可能。

116

敢于批评别人的人，多数都很正直。

不敢批评别人的人，多数自身不正。

117

在一个常常夸说自己善良的人身边，你必须时时提高警惕。

狼一旦学会了用羊皮装扮自己，它就不仅仅是凶狠，更多了狡猾。

118

敢说自己有病的人，他的心理一定十分健康。有病却要忌医的人，他的心病比体病更重。有健康的身体，更要有健康的心理。

119

一个坐下来能想到别人好处与长处的人，他一定是一个善良正直的人；一个坐下来只想到自己好处和优点的人，他一定是一个自私且自负的人。

善良正直的人多以别人的快乐为快乐；自私自负的人多以别人的痛苦为快乐。

120

鸟十分讨厌笼子，但笼子却十分喜欢鸟。没有鸟的笼子是寂寞的。进了笼子的鸟是痛苦的。

121

爱一旦与自私连在一起，对被爱的对象比恨更为残酷。

122

一个坠入爱河的人，痛苦往往比幸福更多。

123

一个人之所以伟大，并不完全在于他的才能与事业，更重要的是在于他的思想与品格。

124

镜子是美丽者的朋友，是丑陋者的敌人。

125

因为有了夜晚，才体现出了灯的价值，所以，蜡烛燃烧自己绝不应该抱怨。

126

督促自己前进最好的办法，就是别给自己留下退路。无论遇到什么样的艰难险阻，都应该永不回头。

127

人本来是无贵无贱的，只是因为地位有了高低，人就被分为三六九等，这是极不公平的事情。有钱的人灵魂不一定高尚，贫贱的人同样拥有可贵的人格。

128

地球对苹果的引力，远比不上苹果对孩子的引力。

129

男人与女人之间，只有超越了性的困扰，才有可能成为真正的朋友。同样，上级与下级，也只有超越了权力的障碍，才有可能建立起真正的友谊。

130

言多语失。佛无语，所以，佛永保尊严。

131

欲望，就像沙漠里的内流河，总是在挣扎中奔涌，最后还是被无情地吞没。一次次吞没，又一次次涌来，直到生命之泉干涸。

132

无物视有物，有物视无物，有无心中得，禅机超万物。

133

见山是山，见水是水，见山不是山，见水不是水，见山还是山，见水还是水。此为贾平凹先生之大悟。

踏山未见山，涉水未见水，山在水中立，水在山上流，置身于物外，物在我心中。此为愚人百思之所得。

134

山高万仞，有天在上。

水流千里，有渠在前。

正所谓山外青山楼外楼，一叶障目万事休。一枝新荷长出水，还有蜻蜓立上头。切记，切记。

135

生老病死，自然法则。有生之年能做完自己想做的事，死后便可以无憾了。

136

人生最大的痛苦莫过于一辈子不能按照自己的想法做事。手脚长在自己的躯体上，却要任别人摆布；脑袋扛在自己的肩上，却要为别人思考。

137

有谋无勇，是懦夫。

有勇无谋，是莽汉。

足智多谋，机智勇猛，才可成就一番事业。生在乱世可做英雄，逢上治世，便是社会之梁柱。

138

人生即是苦海，所谓快乐即是在这苦海中奋争时获得的瞬间愉悦。所以，人活在这个世界上就不要忘记奋斗，只有时时奋争，才能时时快乐。

139

想改变一种环境，首先要适应这种环境。只有它接纳你，你才有希望成为这一环境中的一员，进而成为中心，影

挚诚小语　　165

响它，改造它。

140

山路弯弯，弯则缓，缓则使你留有余力，最后走上峰巅。

141

自负，是自己为自己设下的最大障碍。

142

不能战胜自己，就无法战胜别人。不能说服自己，就无法说服别人。

143

只有忍受别人忍受不了的痛苦，克服别人克服不了的困难，才有希望走到别人的前面。

144

时间数量对于每个人都是相等的，时间的价值对每个人来说却是不等的。利用最少的时间创造出最高的价值，就等于延长了生命。

145

利用条件是聪明的表现。

依赖条件是愚蠢的表现。

有争强好胜之心，无争强好胜之举同样做不成任何事情。

146

阳光明媚，别忘凄风苦雨。春风得意，常思山重水复。

147

喜悦时冷静可令人保持清醒。挫折中冷静可使人重新振作。

148

别怕艰难，艰难才能磨炼意志。别贪安逸，安逸容易使人沉沦。

149

人生如同绘画，有时候也需要几处空白。空白不等于缺憾，只有空白才能烘托出更强烈的色彩。

150

金子就是金子，埋在土里也不会变质。一旦被挖掘出来，仍会光彩照人。

151

泡泡就是泡泡，不管被捧得多高，一触即破，终将化为乌有。

152

大中见小，是为察微。

小中见大，是为识广。

153

财为人所用时，人是财主。

人为财所用时，便是财奴。

154

钱财乃身外之物，一生不为钱财所累，当是最快乐的人生。

155

鸟为食亡，可以同情；
人为财死，死有余辜。

156

把金钱视为生命者，其命已一钱不值。把金钱视为粪土者，其心定贵过黄金。

157

青春一去不复返，
千金散尽还复来。
人生勿为金钱累，
快快乐乐过一生。

158

饥不择食，毒饵勿进。

慌不择路，迷途须返。

159

进退之道，在于审时。进一步退两步，宁立勿动；退一步进两步，身体力行。

160

山重水复，路总在山水间回旋。有车时乘车，遇水处渡船。最重要的是有意志，最后的征服，在于坚硬的脚板。

161

小鱼游在水里是小鱼的幸福；小鸟飞在天上是小鸟的幸福。各有各的环境，各有各的追求，如易其境，很难说还会不会有幸福。

162

鱼儿知道钓钩很可怕，可总抗不住饵的诱惑。

163

爱情＝幸福+痛苦。

爱到极致即是恨的开始。

164

自作聪明比无知更可怕。

165

波涛汹涌，稍纵即逝。

溪水涓涓，日夜奔流。

166

追求幸福，常常擦肩而过；

躲避痛苦，往往狭路相逢。

167

一块石头在将别人绊倒的时候，也许会感到几分惬意，但当它被人远远地抛开的时候，一定会十分痛苦。

168

只有面对真正的敌人的时候，你才能够勇气倍增。

169

中国有句老话，叫作殊途同归，但是，必须以目标相同为前提。

170

朋友可以多种多样，然而本质必须相同，这就是所谓人以类聚、物以群分吧！

171

不能够信任别人的人，永远也得不到别人的信任。

172

作为真正的朋友，个人所选择的道路可以不同，但目标必须一致，不然绝无法沟通。

173

人没钱志就要短，人有钱腰杆就直，钱能让一个默默无闻的人家喻户晓，钱也能让一个人坐立不安。

174

钱是没钱人的梦想，钱也是套在有钱人脖子上的枷锁。

175

钱让这个世界多姿多彩，钱也让这个世界疯狂黑暗。

176

存在是一种永恒，拥有只是一种欲望。当你不曾拥有时，你总是想要拥有，当你拥有一切时，无异于一无所有。

177

真诚是一种无私的袒露。

真诚是一种没有隐瞒的沟通。

没有真诚就没有信任。

没有真诚就没有友爱。

真诚是一颗心通向另一颗心的通行证；真诚可以让友谊之树长青。

178

一个人的力量总是有限，就像一棵树再大也无法阻挡住狂风。可如果是一片林子，情况就会大不一样，风不仅会放慢脚步，且可能就此臣服，就此了无声息。

179

众人拾柴火焰高，但前提必须是大家点的是一堆火。如果各自把柴都留给自己，几十堆小火可能同时或相继灭掉。就像三个和尚的故事一样，这是中国人最大的悲哀。

180

　一只小鸟在笼子里关得久了，有朝一日你把它放出来，它想飞也飞不高。这不仅仅是因为它的翅膀已经退化，更严重的是，它已经习惯了笼子中的生活。被人豢养是一种幸运，更是一种灾难。

181

　有则故事讲，鸡吃虫，虫嗑棒，棒打虎，虎吃鸡。我们小时候常做这个游戏，可我们不知道这就是人世间的自然法则。世界上无论强者弱者，谁都不能为所欲为。

182

　凡事想开些，是自己解脱自己；凡事都要追个究竟，是自己为难自己。我们谁都明白这个道理，可每每遇到不开心的事情，还是不开心。这就是我们笑话蠢人时，实则比蠢人更蠢。

183

　有位诗人朋友写过这样一句话，说世界上的事情都不大，天大的事情天地之间装不下。我想，如果我们每个人都能这样面对现实，面对困难，心胸就都能变得宽广，变得豁达。

184

快乐是云，风一吹就走。

痛苦却是石头，怎么吹它也不动。你想抛弃它，必须自己动手。

185

痛苦和幸福是同一双鞋子。当它或大或小特别是小的时候，便会带来许多痛苦，可当它正合脚时，你就会感到十分舒服。它可以让你寸步难行，也可以帮你走更远的路。所以痛苦或是幸福关键在于你选择一双什么样的鞋子。

186

敢于面对老虎而不害怕的人，一种是有打虎的本领，一种是根本就不认识老虎。所以谚曰：初生牛犊不畏虎。

187

蛇是鼠的天敌，鼠是象的天敌。象很善良，很温顺，不
与任何动物包括人类为敌，可它遭到攻击遭到侵扰的时候，
也会反抗。

188

一位伟人说，一个人做一件好事并不难，难的是一辈子
都做好事。我要说，一个人一生天天都做好事绝不可能，但
只要他不为害社会，不为害他人就应该算作一个好人。

189

人在社会中生存，为自己着想并不为过，但如果仅为自
己着想，不顾他人即是自私。自私自利的人就像缠在树上的
藤萝，只管自己向上爬，绝不会顾及树的死活。

190

宁可做一个愚蠢的好人，也不要做一个聪明的坏人。好
人愚蠢，但不会为害社会。坏人越是聪明，为害社会越深。

191

机遇如同阳光，对世界上每一种生命来说都是平等的。机遇如同流水，总是稍纵即逝的。想得到它必须睁大眼睛，加快脚步，不然它便会与你擦肩而过。

192

黄金有价，情谊无价，可大多数人却总是在得到黄金的时候就忘了情谊，甚至会背叛父母、背叛兄弟。

193

虫子的生命是弱小的，可虫子也有它生存的理由，不然造物主在造物的时候绝不会造它。

194

人没有理想，就没有目标，没有目标就没有追求，没有追求就没有动力，没有动力，就会一事无成。所以说，想到才能做到。连想都不曾想过，什么事情都无法做好。小时候大人问我，你长大做什么？我说种地呀。因为那时在山里，人人都在种地，我只知道人想吃饭就得种地，除此之外我不知道自己还应该干什么。后来读书了，读了小学读中学，走出了那个山窝窝，才知道山外还有更广阔的世界，还有除了种地还能干各种事情的人们。这时老师问我，你以后想干什么？我说干什么都成，就是别回去种地。这并不是忘本，而是因为我意识到这个世界上还有许多事情需要我做。也正是因为这种意识逼迫我不断设计自我，完善人生，才使我走出了今天这步天地。

195

完美的人生是一种奢求。月亮有圆有缺，树木有枯有荣，道路有曲有直，天空有阴有晴。谁都不能祈望花开不落，谁都无法让太阳永远挂在空中。

196

花不蒙尘，其色自艳。

人无俗念，品德自高。

197

西方一位哲人说，世界上本没有什么垃圾，只有放错了地方的宝贝。这句话让许多怀才不遇的人感动，也让许多目不识珠者清醒。试想，金子如果埋在地下，和石头有什么两样？而一块奇形怪状不能砌墙不能垒屋的石头，放在树林中放在草地上又有谁能说它不是风景？

198

世事洞明皆学问。有知识的人不一定都有学问。知识是积累的，学问是创造的。只有那些既富有知识，又善于思考的人才可能成为有学问的人。

199

能力是没有学校的。能力的培养不靠别人，而要靠自身的力量。就像种子发芽破土而出，除了自己谁都无法帮忙。

200

世界上的事物就像一个个数学方程，往往解题时需要的都是最简单的方法。可在解题的时候，人们总是绕来绕去，把过程搞得十分复杂。

201

人类用自己的双手建造起一座座房子，在保护自己的时候也囚禁了自己。这些房子有的时候有形，有的时候无形。无形的房子比有形的房子更可怕。

202

人与人用语言进行交流的时候，并不是真正的沟通，只有心灵与心灵的默契，才能达到情感的交融。所以，有时语言是一种累赘，只要有一个眼神，彼此就什么都懂。

203

爱不需要任何理由，也不需要任何条件。所以，明星和领袖往往都能成为大众情人。就如太阳和月亮，它们不仅属于大树，也属于小草，只要是这个世界的生命，谁都有权利享受它的光和热。

204

天黑下来的时候，没有必要为这暂时的黑暗烦恼或恐惧，最好的办法是闭上眼睛睡觉。当你一觉醒来的时候，依然会明日高悬，阳光明媚。

205

伊索说，人生在世，每个人肩上都挎着一个褡子。这个褡子前面的口袋里装着别人的过错，而后面的口袋里装着自己的过错。前面的口袋随时都要翻检，看得一清二楚，而后面的却从来不看。只有少数人能把它放下来，像看前面的袋子一样看上几眼，用现代的话说叫作反思。于是这些人便成了智者，成了圣人。

206

人生有三重境界。第一重境界是吃了就睡，睡醒就吃，浑浑噩噩，了此一生，不知幸福也不知痛苦，这是庸人。第二重境界是头脑清醒，世事洞明，将世界的一切都看得十分透彻，所以，他总是感到十分痛苦，是为俗人。第三重境界是本来看透了一切，却当作什么都不甚了解，以自己的豁达享受人生的快乐，是为圣人或是神仙。

钱 氏 物 语

河流的启示

聚少可以成多，没有小溪就没有大河。

目标既已选定，就要百折不挠，尽管已经历了千辛万苦，也永远不回头。

因为懂得迂回，所以才走得很远。

每当转折的时候，就会出现旋涡，每当遇到阻力的时候，就会产生更大的力量。

对于前进路上的障碍从不屈服，能推倒的便推倒，能绕开的便绕开。

河流与河岸

河流对岸说：你太古板了。岸对河流说：你太放荡了。它俩一直在相互埋怨相互攻击，但却谁也离不开谁。

云　朵

因为无根，所以飘忽不定。阳光下总会留下阴影。因为没有独立的个性，聚在一起也是一片乌合。流下再多的泪水，也无法将自身洗得清白。

莲　花

人们赞美莲花："出淤泥而不染，濯清涟而不妖。"

莲花安慰淤泥和清水："别太认真世俗的舆论，我永远都感激你们的。"

剪刀与指甲

剪刀对指甲说：就你总给我添麻烦。指甲笑了一笑：如果没我，你还有存在的价值吗？

竹

泥土给你以生命。阳光给你以爱抚。风雨给你以磨炼。是生活让你坚定了这样一个信念——只要活着，就永远挺直腰杆。

菊

敢于面对现实，才赢得这样的机会。

笑在最后，笑得最美。你以你的忠诚，让迟到的秋风得到安慰。你也以你的胆略，赢得了世人的敬佩。

兰

瘦弱的身形支撑起一派刚强。淡淡的小花给世界以芳香。习惯于寂寞，习惯于孤单。清高，但绝不等于自命不凡。

荷

心中向往美好，出自污泥也同样圣洁。因为有水的孕育，才展示出无限的灵光。不与群芳争秀，独占美丽湖光。只要根深深扎进泥土，就不再惧怕风浪。

梅

有爱在心中燃烧，冬天也无可奈何。笑傲风雪，连松柏也要敬她三分。

鲜艳但不骄奢；

矜持但不忸怩。

展示美丽也要以自己的方式，让整个世界都刮目相看。

松

不畏严寒的袭击，

不畏风吹雪压，

越是在艰苦的环境里，

越是活得苍翠挺拔。

向上，是它永远的追求，

任何外来的压力都无法阻止它。

石　头

石头虽然表面冰冷，但内心中也蕴藏着火焰，只要你让它相互撞击，就会将彼此心灵的情感点燃。

沉默是金，但永远的沉默便是一种悲哀。鲁迅说，不在沉默中暴发，就在沉默中灭亡。这就是石头给我们的启示。

一块石头独处一隅，将冷寞一生；两块石头碰撞在一起，便可以释放出心中的热能。

一块石头再大也容易被人搬倒它，一座大山耸立在那里情况就不一样了。

点石成金，首先要石头含金。

百炼成钢，首先要矿中有钢，没有钢的石头，烧一万遍也仍是石头。

石中有奇石，是因石头在它形成的历史中有一段传奇的经历；石中有怪石，是因为在它形成的历史中有一段不平的遭遇。

石头再坚硬，也能被水滴穿，这是时间与毅力使然。

石破天惊，谁能说清它是因为愤怒，还是因为激动？

石头从不会自己伤人，只有在你碰撞它的时候，它才会让你头破血流。

大　山

面对大山，任何人都会感觉到自己的渺小，只有登上山顶，才会感到出人比山高。

山再大，也是由一块块石头一粒粒泥土堆积而成，所以，我们仰视高山绝不可忘记石头和泥土。

想要征服大山，首先要征服自己。

波、江维青、纪洪平等五十多人，在长春市委、政府领导陪同下，和长春的诗歌爱好者们一起欢聚在这座充满诗意的城市。他们在镁光灯下举办《中国，有座城市叫长春》诗集首发式和中国作协诗刊社"春天送你一首诗"大型公益活动，泉阳泉杯"中国，有座城市叫长春"全国诗歌大赛颁奖仪式暨"中国，有座城市叫长春"诗歌朗诵会。当时，虽然"5.12"汶川地震已过月余，但全国人民仍然沉浸在为死难同胞的哀痛中。所以，朗诵会的会场布置让宣传部和电视台的同志们煞费苦心。热烈而不失庄重，素雅而不致沉闷。宣传部在会前决定，把我为赈灾写的一首诗《致汶川兄弟》临时增加为朗诵会的内容。征求我的意见，我很为难。因为会上还要朗诵我的另一首诗《长春，叫一声心里很暖》，那是我的心仪之作，也是专为这次活动写的一首诗。如果两首都上，作为大赛的参与者、组织者、特别是筹划者，怕有假公济私之嫌。可他们说这两首诗一首代表长春人对这座城市的情感，一首表达了长春人民对灾区兄弟的心声。诗已发表是公共产品，个人的意见已无足轻重。最后，决定一首用真名，一首用笔名。朗诵会气氛异常热烈，诵者如泣如诉，听者如醉如痴，余音袅袅，掌声阵阵。据诗刊社的朋友说，这是近年来此项活动最为精彩的范例之一，这表明长春这座具有科教文化优势的城市与诗首度合作获得巨大成功。让一个诗意的城市真正有了诗的内涵。

举办这样一次大型文化活动并不是一件容易的事情。

从。

火

是它给了人类温暖，
也是它给了人类灾难。
它有时是人类的敌人，
但更是离不开的伙伴。

鸟

一生注定要四处流浪，所以将一切都交付给两只翅膀，飞到哪儿，哪儿就是家园。

失去天空，就失去快乐，它最大的幸福，就是拥有一片蓝天。

自由是它生命中的最高境界。

美丽能带给它荣耀，美丽更能给它带来灾难。

只要活着，就永远别想封住它的嘴巴。越是爱叫的鸟，它身边的危险就越大。

所有爱鸟的人，都是鸟的敌人，它最大的痛苦，就是被喜爱它的主人关在笼子里。

花

花是最害怕寂寞的。

没有人观赏，它就失去了开放的意义。

花开的时候，就意味着将要落去，所以，花总是十分珍惜它有限的生命，开就开得放达，开就开得绚丽。

花，只有独特，才能被人喜欢，如果所有的花都是一种形态，一种颜色，就再也无美可言。

小　草

生命最为卑微，也最为坚强。

不畏冰雪，不畏严寒，也不畏野火。

即使在冬天里，也仍做着绿色的梦。

它最为守信，也最为守时，当春天到来的时候，总是它第一个睁开眼睛。

野　花

在没人知道的地方开，在没人知道的地方谢。

一生都默默无闻，但也依然无怨无悔。花香奉献给了春风，花瓣归还给泥土，只是把美丽留给了自己，留给了记忆。这是野花的悲哀，也是人的悲哀。

树

树的悲哀在于它为伐树者提供斧柄，然后不但殃及自己，也殃及了自己的伙伴。

树再高，枝再繁，叶再茂，根也总是要扎在泥土里。没有泥土，一切生命都将不复存在。

树大招风，树大亦能抗风。

大树能为小树遮风挡雨，这是大树给小树的爱。但是，大树也同样给小树一片阴影，使小树很少能看到阳光。走不出大树的阴影，小树永远也长不成大树。

树，长在山顶是树，长在山谷也是树。山顶上的未必高大，山谷里的未必矮小。

一棵树站在风中，很容易被风吹折，许多树站在一起组成森林，风就再也无可奈何。

树在生长的过程中，必须修枝打杈，否则便无法成材。

树，只有生长在森林之中，它才是真正意义上的树，一旦被移植到温室之中，特别是被培植成盆景，它就不再是树，而是一种观赏植物。

泉

没有压力就没有喷涌。

没有平静就没有激动。

激情被压抑得太久，喷发出来才会这样砰然有声。

埋在地下的日子，默默地积蓄力量。出人头地的时候也不忘怀使命，荣光过后又开始新的旅程。

天性就不安分守己，所以注定要忙碌一生。倔强是它的性格，任何困难，任何障碍都无法阻止它的行程。严寒可以捆绑住它的躯体，但却无法捆住它的信念。春天归来时，它总是最先复活，奔跑着到山外去报告消息。

播一路歌声，撒一路欢乐。

在大海中淹没，也在大海中永生。

微 言 博 语

1

天不欺人，人勿欺天。头上三尺，天亦有眼。多行好事，广结善缘。谋事在人，成事在天。

2

无理莫辩，知错就改。反求诸己，君子情怀。日有三思，夜有三省。坦坦荡荡，清清白白。

3

施恩图报，并非君子。以德报怨，虎狼不为。仁者之心，天下儿女。点水之恩，涌泉相报。

4

眼为心窗，心明眼亮。心被蒙蔽，眼亦无光。爱藏心底，眼中可见。心怀仇恨，无法隐藏。留爱弃恨，幸福久长。

5

年轻真好，百花争俏。蜂拥蝶簇，热热闹闹。花开有时，光阴会跑。切勿荒废，用功趁早。一旦虚度，遗恨到老。

6

心是明镜，勿被尘埋。拨云见日，雾散云开。常思己过，常忆人德。明月在天，夜黑奈何？

7

一时冲动，一时虚荣，误事害己，后患无穷。意气用事，丧失理智，为了面子，掩饰实情。无论长幼，不分男女，二弊不除，难获成功。

8

心病心药，冰释雪消。何处可求？自产自销。病从何来，还缘何去。豺狼消遁，彩凤还巢，风平浪静，地远天高。

9

心有所属，情有独钟。摒除杂念，定力自生。不受侵扰，抵挡诱惑。有则当有，空则当空。风和日丽，天蓝水碧，鱼游浅底，波澜不惊。

10

鸟披彩羽，大美无声。人有才华，无须卖弄。沙里藏金，石中孕玉。静心平气，始成大器。

11

人生境界，童叟无欺。不骗别人，不累自己。谎花无果，谢时即露。自欺欺人，天亦无语。自作聪明，最不聪明。天天狼来，谁还信你？

12

做人大忌，自视聪明。众人皆醉，唯我独醒。瞒天过海，欺亲骗友。假仁假义，言不由衷。人心如炬，火眼金睛。被人识破，孤立无朋。

13

真佛不语，真水无香，真金土掩，真玉石藏。水中明月，镜中花朵，美轮美奂，皆为假象。大智若愚，大美若丑，大善似恶，大爱如常。

14

送人鲜花，手有余香。送人好话，心情舒畅。良药苦口，无人愿尝。良言劝世，亦需思量。常思己过，多论人长。人前背后，切莫揭短。大肚能容，俗人雅量。

15

一世英名，不知不觉。一时糊涂，遗恨终生。人若犯浑，不分长幼。亡羊补牢，尚可警醒。一意孤行，将错就错。罪有应得，无人同情。

16

人生至要，健康第一。失去健康，有毛无皮。身若不健，心亦难康。病魔身苦，身心俱伤。有病求医，风来云去。扫除阴霾，风和日丽。身体健康，心底阳光。身心俱爽，快乐无疆！

17

君子慎言，一诺千金。言出必果，做事认真。良言良药，恶语伤人。宁不说话，不说假话，谎言三复，自己当真。

18

大美在心，小美在貌，心貌皆美，与仙争俏。积善修德，洁身自好，有知有智，不矜不骄。言行得体，说到做到，如此男女，皆为人豪。

19

处事不宜，小肚鸡肠。处处较劲，蛋中挑骨。自己生气，别人痛苦。学做弥勒，快乐常驻。

20

人生立志，乃有方向。目标选定，不会彷徨。道路遥远，我有双脚。困难重重，意志如钢。跌倒爬起，永不气馁。信念在心，锐不可当！

21

人生立志，志须久长。志勿常立，常立则妄。人有长志，乃有恒心。刻苦努力，不骄不矜。脚踏实地，谦虚谨慎。勇往直前，雷霆万钧！

22

克勤守俭，不骄不奢。老实本分，知足常乐。食可果腹，衣不求多。温饱既足，余物何用。勤以修身，俭以养德。

23

损人利己，小人行径。自私自利，邪念必生。克己复礼，自省自重。常怀善心，邪不压正。胸怀广大，天下为公。施而不取，其乐融融。

24

不懂回报，不知感恩。只知索取，不可为人。羊羔跪乳，乌鸦哺亲。不如鸟兽，何谈做人。妻贤子孝，兄友弟恭。亲戚朋友，重义重情。如此做人，鬼钦神敬！

25

大道无形，大音希声。志同道合，鸾凤和鸣。牛马不语，草木无声。阳春白雪，和者盖寡。下里巴人，多有呼应。仁人君子，勿屈时弊。固守信念，合而不同。

26

养性修心，以德服人。勤学苦练，以才胜人。不弃不馁，意志超人。推功揽过，得理让人。见贤思齐，乐于助人。不计功名，做个好人。

27

急不可躁，躁则气浮。心气浮躁，诸神不宁。学无长进，办事难成。平心静气，沉着冷静。气定神闲，百事顺通。

28

无志不立，无欲则刚。无求见品，无畏必强。无知无智，无德无耻。无情无义，无孝豺狼。无贪不辱，无病体康。无私无畏，无敌无双。

29

世事利弊，常要思考。利益得失，切勿计较。无预不立，有备无患。塞翁失马，亡羊补牢。只问耕耘，别问收获。心态平和，永无烦恼。

30

但行善事，不问前程。刻苦努力，不与人争。抚贫济弱，公平正直。不畏权贵，敢于碰硬。新新仁者，希望之星。

31

鸡鸣狗盗，君子不为。光明磊落，不怒自威。诚者不欺，勇者无畏。既诚且勇，无坚不摧。

32

为人做事，勿与人争。争功争宠，一切皆空。若让人服，学会用征。以德服人，礼让谦恭。踏实肯干，才华出众。众星捧月，艳阳当空。

33

中国哲学，忍字最高。刀磨利刃，心上插刀。忍辱负重，忍痛割爱。韬光养晦，以图后报。冬去春来，阳光普照。杨柳抽芽，桃李含苞。不争自放，百媚千娇。

34

兄弟姐妹，情同手足。团结友爱，互相帮助。有难共当，有福同享。互敬互谅，同甘共苦。大事原则，小事糊涂。面对困难，互相鼓舞。其乐融融，共创幸福。

35

人之相与，难得信任。出言必果，一诺千金。不打诳语，诚实守信。宁人负我，决不负人。

36

人人为我，我为人人。合舟共济，互相关心。三人成众，二木为林。鸟单无助，人单势孤。团结友爱，百应一呼。

37

花开富贵，牡丹情怀。山菊在野，一样风采。风吹雨打，傲然挺立。露欺霜侵，常开不败。笑迎风雪，君子风骨。今年倒下，明年再来。

38

居功不傲，得理饶人。君子雅量，仁义之心。不计前嫌，不找后账。宽宏大度，薄己厚人。

39

情深意笃，忠诚无欺。天地合和，鱼水相依。艳阳高照，月明星稀。唇亡齿寒，树倒猢去。真心永远，不离不弃。

40

做事大忌，拖泥带水。着急上火，身心疲惫。说干就干，分秒不废。全神贯注，无怨无悔。白驹过隙，时光如水。机不可失，悔不可追。

41

微博微薄，影响有限。杯水车薪，表达心愿。正确与否，一己之见。心有灵犀，自能互鉴。如非同道，大路朝天。扬镳策马，各不相干。

42

人之相与，交流沟通。郁郁心结，话到即明。疑心暗鬼，如影随行。推窗敞户，一片晴空。

43

从善如流，见贤思齐。清泉汲水，涵养自己。非礼勿视，非先不比。目光高远，脚踏实地。大处着眼，小事做起。桃李不言，下自成蹊。

44

自大者妄，自知则明。登高望远，玉树临风。山外有山，峰上有峰。山峰之上，万里长空。正视自己，不悲不傲。踏实做事，不问前程。

45

人贵自知，学贵有恒。江水行舟，逆势上行。浪大湍急，不进则退。意志薄弱，尽弃前功。以苦为乐，学以致用。不舍昼夜，分秒必争。

46

敏而好学，学以致用。不废寒暑，持之以恒。博学多思，不耻下问。积露成渊，水到渠成。

47

敏而好学，勿为人师。经历不同，迹遇不同。闻道先后，术业专攻。有教无类，学无止境。知之勿骄，不知不馁。人皆我师，爱戴尊重。不轻垒土，不薄寸功。与时俱进，与道协行。

48

关心他人，胜于爱己。有爱在心，感天动地。雪中送炭，久旱逢雨。情深义重，神钦鬼泣。积善修德，爱字第一。

49

宁说玄话，勿说闲话。玄话雷人，闲话惹祸。因话伤人，大错特错。好话多说，坏话不说。无话可说，阿弥陀佛。

50

世事变幻，不可求全。天阴天晴，月缺月圆。寸有所长，尺有所短。大象个大，见鼠腿软。麻雀虽小，一飞冲天。

51

思多劳神，气大伤身。平和心态，息事宁人。常思己过，莫揣人心。己所不欲，勿施于人。天高地阔，喜气盈门。

52

内心安宁，自然平静。恪守本分，与世无争。与人为善，宠辱不惊。为我该为，特立独行。

53

世间万物，共荣共生。人之为人，互相支撑。花开富贵，春泥培护。秋菊绽放，落叶悲风。自私自利，自寻孤苦。乐善好施，幸福一生。

54

贪心不足，蛇吞大象。手托小鸟，还想凤凰。山望山高，水望水长。欲望不断，一枕黄粱。一朝梦醒，一片荒凉。

55

楼台烟雨，晓月长空。山岚绕树，雾中花影。远观不得，近亦朦胧。亦真亦幻，真假难辨。壶中岁月，梦里人生。

56

无事读书，以文化愚。增知益智，解惑答疑。矩错匡正，兴利除弊。指点迷津，净心明理。

57

敏学多思，刨根问底。孑孑不倦，寻道穷理。磨剑见锋，雕石现玉。如此认真，方为学习。

58

谋事在人，成事在天。人不努力，与天何干。阳光雨露，沃土肥田。种子下地，春风自暖。不负天时，成败自安。

59

学习之要，活学活用。书读到死，劳而无功。水暖知春，落叶知秋。广泛联系，一通百通。

60

事事求人，莫如求己。自尊自爱，自强自立。三更苦读，起舞闻鸡。一技在手，终生受益。

61

看字用眼，读书在心。眼到心到，其乐津津。心不在焉，盲人观景。体累神疲，枉费光阴。

62

人间诸事，不可强求。求之不得，百恼千愁。顺其自然，边塞马叟。得之勿喜，失之不忧。知足常乐，大海泛舟。

63

遇事勿慌，三思后行。理清思路，抓住要领。分步实施，有始有终。坚持到底，必获成功。

64

不求学问，只要学历。读而不学，时之通弊。漫天文凭，遍地文盲。文化荒漠，尘土飞扬。呜呼唉哉，我为国殇！

65

人生年少，勿荒于嬉。张弛有度，爱惜自己。当睡必睡，当起则起。健康饮食，规律起居。身强体壮，工作学习。

66

一知半解，读书大忌。囫囵吞枣，望文生义。兽之皮毛，山之岚气。五柳先生，有害无益。

67

无论生命，抑或身体。无论金钱，抑或权力。无论爱情，还是友谊。得之艰难，失去极易。若想保住，学会珍惜。亡羊补牢，一切晚矣！

68

忘却烦恼，记住快乐。忘却仇恨，记住恩德。忘却贫穷，记住富足。忘却痛苦，记住幸福。人生短暂，花开花落。生命有限，来日无多。把握现在，切勿空过！

69

为人处世，切勿小气。小气之人，难成大器。挑三拣四，伤害他人。斤斤计较，折磨自己。欲成大事，先学大气。心怀广大，自有天地！

70

人说谎话，树开谎花。花落无果，天自能察。说谎成习，久必失信。亲离友疏，何以做人。学习曾子，童叟无欺。人生品行，诚实第一。

71

自作聪明，最不聪明。劳心费力，劳而无功。以诚待人，以心换心。真情流淌，感动鬼神。瞒天过海，欺人害己。自欺欺人，愚人之举。

72

做人处世，脚踏实地。标准要高，调门要低。时时谨慎，处处学习。宽以待人，严于律己。守真守诚，一生无虞。

73

想事谨慎，处事果断。当断不断，必受其乱。快刀乱麻，一刀两断。远离是非，不留后患。

74

心中有爱，阳光灿烂。心中无爱，天昏地暗。亲朋好友，情重如山。兄弟姐妹，骨肉相连。爱人爱己，喜乐平安。真心付出，无悔无怨。

75

薄情寡义，势利小人。唯利是图，是非不分。见钱眼开，甘做儿孙。一旦得势，六亲不认。遭遇此公，千万小心。

76

人之为人，贵有良心。将心比心，温暖人心。不讲良心，让人伤心。坏了良心，人面兽心。伤天害理，自绝于人。

77

麻烦缠身，首当自省。没有空穴，何处来风。天阴雨到，雨过蛇行。蛆为觅食，蛋先有缝。淤泥荷花，清水芙蓉。远离是非，谨言慎行。

78

花花世界，处处陷阱。欲求安全，内心宁静。鱼不贪饵，不会被钓。鸟不恋食，焉能入笼。人活尊严，自重自爱。坚守本分，警钟常鸣。

79

人非圣贤，孰能无过。知错就改，不酿大错。文过饰非，混淆主客。一意孤行，错上加错。实事求是，打鬼降魔。放下屠刀，立地成佛。

80

凡事有因，因果互见。洁身自好，远离麻烦。想法多多，欲望作乱。误入泥潭，逃离艰难。鱼蛟入水，鹰鸟飞天。安分守己，自得平安。

81

取得成绩，切勿骄傲。树大招风，吹之易倒。众星捧月，水涨船高。鱼儿离水，何谈逍遥。懂得感恩，不忘回报。再接再厉，自领风骚。

82

讨人喜欢，其实简单。举止得体，言行规范。让人尊重，实在太难。德才兼备，以德为先。坐卧行走，举止言谈。处处谨慎，永不失范。做事认真，待人和善。胸怀广大，情同圣贤。

83

欲求进步，选准方向。目标确定，发奋图强。没有方向，误打误撞。空耗精力，浪费时光。从零做起，不慌不忙。跬步千里，积弱成强。

84

　　心有善根，自有善举。温暖他人，快乐自己。一句好话，一个眼神。东风吹来，严寒远去。

85

　　人生在世，必须自强。自身不强，何谈担当。愿望是云，随风飘荡。本领是钢，可做刀枪。鱼谙水性，自由自在。鸟识天路，展翅飞翔。大地厚重，承载万物。太阳火热，不畏冰霜。

86

　　知识学问，不学不会。生活事务，不干不累。时光有限，生命可贵。不学不干，全部荒废。少不努力，老必伤悲。欲做不能，欲哭无泪。智者自强，勇者无畏。人生蓝图，自己描绘。

87

浑浑噩噩，贪图享乐。乐极生悲，必遭灾祸。学有所成，劳有所得。大好时光，切勿空过。坐享其成，不劳而获。巧取豪夺，人间大恶。

88

贫贱不屈，富贵能仁。艰苦朴素，克俭克勤。不骄不奢，平常之心。孝亲悌友，勿悖纲伦。薄冰如履，三省吾身。

89

佛之为佛，心中无我。慈悲为怀，扬善疾恶。普度众生，救人水火。人若学佛，勿念弥勒。一善在心，人即成佛。

90

学做花朵，静静绽放。高贵典雅，美而不张。文而不弱，明媚阳光。冰清玉洁，满身芬芳。芳华退去，化为泥土。春风吹过，依然飘香。

91

井底之月，镜中之花。功名利禄，过眼云霞。见之勿喜，错过勿悔。一切随缘，来去由它。遇而不求，平和心态。安贫守道，神鬼不怕。

92

心存怨气，话难投机。切勿放狠，收回不易。恶语伤人，处世大忌。话到嘴边，留下半句。心照不宣，友情继续。

93

雪花有情，春风无意。该来自来，该去自去。时光荏苒，白驹过隙，生生灭灭，自然更替。淡然处之，勿悲勿喜。冬去春来，芳草遍地。

94

新春新喜，草木逢春。生机萌动，万象更新。勿负良机，努力上进。光阴如梭，逝去难寻。勿问结果，默默耕耘。过程即得，快乐开心。

95

人生百变，月缺月圆。正月十五，望月兴叹。至爱亲朋，离合聚散。云卷云舒，情浓情淡。心宇同怀，更深夜澜。微风吹送，无尽思念。

96

花开花落，时过境迁。切勿执着，一切在变。阳光明媚，阴云忽现。一声惊雷，云开雾散。睁眼闭眼，一世一天。活在当下，快乐达观。

97

冲动是魔，随身携带。理智是锁，切勿打开。魔鬼一出，四处为害。寻仇结怨，伤情损财。笑容易得，心结难开。快乐失去，何时复来？

98

遇事勿慌，保持冷静。沉着应对，从容淡定。大事化小，避重就轻。小事化了，雪释冰融。把握大局，切勿冲动。冲突既起，结果难定。

99

生命可贵，百倍珍惜。生活工作，健康第一。安全饮食，合理起居。快乐达观，勿生闷气。知足常乐，得失不计。忘却烦恼，珍重友谊。

100

人无信仰，一定无畏。知恩不报，狼心狗肺。背信弃义，胆大妄为。如此为人，禽兽之辈。最后结局，一定可悲。梦者当省，醒者勿为！

101

活要多干，话要少说。光说不干，麻烦多多。言多语失，言多招祸。言多伤身，言多福薄。少说多做，推功揽过。不与人争，永远没错。

102

急而不躁，骄而不傲。泰然淡然，冷静沉着。水来土掩，树大风高。高山耸立，云缠雾绕。根深蒂固，风吹不飘。心有定力，人自逍遥。

103

人欲学佛，首先修心。远离恶念，培育善根。遇难多帮，扶贫济困。大爱无疆，天地同春。乐观豁达，能容能忍。平常心态，做个好人。

104

敬佛学佛，修心修德。只行善事，不供香火。佛心无私，默默施舍。普度众生，无欲无我。善念在心，少说多做。大慈大悲，人皆成佛。

105

抱怨别人，折磨自己。未明是非，糊涂意气。平和淡定，观局布棋。小可不见，勿失大体。草木有别，人焉能一？莫视人非，做好自己。

106

树高鸟聚，德厚士集。人心向背，皆由自己。得道多助，失道寡助。蚊蝇冻死，不足为奇。传扬美德，不悖常理。但行善事，所向无敌。

107

微博微言，言自可见。言之能懂，我心所愿。明理达情，肝胆互鉴。言若不明，能力所限。自言自语，劳而无憾。

108

凡事有度，适可而止。随机应变，不可偏执。刚强易断，棉软有丝。刚柔并济，可弯可直。大是大非，决不让步。鸡毛蒜皮，纠缠不值。

109

眼界多宽，世界多大。骏马扬蹄，驰骋天下。洞中老鼠，井底之蛙。蚂蚁园槐，妄自尊大。博学广识，开明豁达。春光满眼，处处芳华。

110

没有文化，何谈眼界？眼界不开，何谈胸怀？天高云淡，春暖花开。光阴虚度，无法再来。集腋成裘，积流成海。把握现在，拥有未来。

111

惜福得福，享之勿过。细水长流，过者为奢。一日三餐，食之即得。简单清淡，好处多多。勿为物累，轻松快活。树下吴刚，月里嫦娥。

112

心怀暗鬼，与人为恶。戕害他人，自受折磨。无中生有，栽赃嫁祸。伤天害理，折寿损德。人生苦短，来日无多。好好珍惜，诸恶勿作。

113

花开有时，叶落无声。从头再来，何必悲风。从无到有，三生有幸。从有到无，得失由命。无私无我，天下为公。做个好人，幸福一生。

114

做好自己，不攀不比。争风吃醋，百害无益。天高地厚，各有所依。春芍秋菊，花开四季。各领风骚，一样美丽。峰草涧树，何论高低?

115

朋友是友，盟友亦友。目标一致，并肩携手。朋友无私，盟友有求。互利互惠，同攻同守。花开花落，勿期长久。顺其自然，勿喜勿忧。

116

情深义重，寡情福薄。忘恩负义，在劫难逃。天人一理，月圆花好。人坏恶随，好心好报。天人无欺，人间正道。瞒天过海，谁能做到？

117

好人嘴狠，坏人心狠。口蜜腹剑，谨慎小心。近者远离，疏者勿亲。疏忽大意，惹火烧身。宁伤君子，不伤小人。古人智慧，铭记在心。

118

春风乍暖，春寒料峭。盎然春意，何时才到？春日好过，春夜难熬。身凉心冷，头脚无着。祈盼天明，阳光普照。春雨早来，百花争俏。

119

春风过后，春雨潇潇。洗去尘土，洗去烦恼。树吐新绿，百花含苞。燕子衔泥，布谷鸣叫。珍惜时光，人勤春早。青春短暂，虚度不好。

120

人可无能，不可无情。无情无义，不如畜生。虎不食子，狼哺人婴。蛇毒血冷，知报恩情。知恩图报，甘泉奔涌。忘恩负义，地裂山崩。

121

受苦受难，意志不变。救苦救难，勇往直前。面对困难，坚定果敢。面对荣誉，平平淡淡。遇难勿躲，见功勿贪。千锤百炼，身心俱坚。

122

不张己能，不扬人恶。化敌为友，驱灾避祸。多看人长，常思己过。不嗔不怨，行善积德。出言慎慎，心平气和。与人为善，好处多多。

123

手捧空杯，勿装毒药。装满甘霖，渴止干消。心有空闲，勿装烦恼。装满快乐，幸福自到。烦恼快乐，皆为自找。懂得放下，自在逍遥。

124

努力由己，成败由天。无论成败，都要心安。事情既过，与己无关。继续努力，不可中断。孜孜以求，无悔无怨。贵在坚持，船自有岸。

125

自立自强，切勿依靠。相信自己，要中之要。尔若靠山，山亦会倒。尔如靠水，水也会跑。依靠自己，根深基牢。孜孜不倦，人勤春早。

126

人无大度，妄谈胸怀。虚怀若谷，地阔天开。斤斤计较，心胸狭窄。鼠目寸光，满眼雾霾。心锁打开，眼界放开。阳光明媚，春暖花开。

127

世间百善，唯孝为先。孝敬父母，快乐永年。孝是牵挂，嘘寒问暖。孝是祈祷，喜乐平安。孝是感恩，默默奉献。无怨无悔，情暖人间。

128

志不可满，欲不可涨。拜物成癖，财运必减。淫乐无度，体衰神伤。布衣草履，一样体面。粗茶淡饭，顿顿飘香。真情平淡，地老天荒。

129

远离诱惑，远离是非。安分守己，一生无悔。平安是福，平淡是真。不为恶事，常怀善心。知足常乐，助人为乐。无事读书，自得其乐！

130

为人处世，务识大体。克制私欲，维护公理。大到国家，小到集体。魂之所系，身之所依。共产共荣，同心协力。

131

狼之为狼，见利忘义。有肉即来，无肉即去。铁头细腰，来者不拒。我本自私，爱咋咋的。

132

一元复始，万象更新。迎春纳福，好人好运。情暖八方，远离仇恨。乐善好施，喜气盈门。

133

人无远虑，必有近忧。古人教诲，铭记心头。寒来暑往，一叶知秋。冰消雪解，覆水难收。花开花落，百结千愁。一江春水，付之东流。

134

虚情假意，曲意逢迎。劳神费力，劳而无功。自作聪明，最不聪明。上天有眼，人心有秤。实实在在，平常真诚。将心比心，以情动情。